ORC HERO
STORY

오크영웅이야기

촌 탁 열 전

6

게디구즈 님이 되살아나시면 바빠질 테니까……

oplartica

포플라티카

데몬 수장 『암흑 장군』 시켄스의 딸이자
숙련 마도사. 캐럿과 함께 게디구즈
부활을 위해 각지에서 암약하고 있다.

Characters

데몬 여자

데몬 나라의 유적 안쪽에서 배시가
보호한 소녀. 드래곤 토벌에 나선
데몬족의 생존자 같은데…….

드래곤, 은?

Demon
wor

살려줘. 죽이지 마.

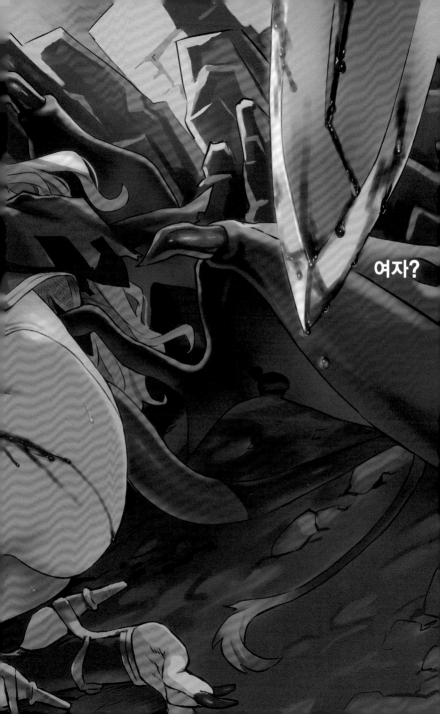

어서 와, 공주님,
꽤나 늦었네.

ORC HERO STORY 6

CONTENTS

제6장 데몬의 나라 기제 요새 편

1. 레스 설원 006

2. 기제 요새 024

3. 암흑 장군 038

4. 드래곤의 둥지로 062

5. 영웅 VS 드래곤 078

6. 극상의 데몬 여자 096

7. 『눈』 110

8. 『눈』과 『뼈』 124

9. 프러포즈 140

10. 퍼스트 키스 156

11. 데몬의 재기 180

12. 암약자들 194

한담 아스모나디아의 암약 206

후기

256

오크 영웅 이야기

영웅

이야기

6

촌탁열전

ORC HERO STORY

진 나 마고노테
illustration
아사나기
Rifujin na Magonote
Asanagi

일러스트 — 아사나기

촌탁: 타인의 심정을 헤아리는 것, 또한 헤아린 상대에게 배려하는 것.

(출처: 프리 백과사전 「위키피디아(Wikipedia)」)

STORY

Episode
Gije fortress

기제 요새 편

ORC HERO

데몬의 나라

Demon country

제6장

1. 레스 설원

데몬의 나라. 그곳은 아르카디아 협곡을 빠져나가서 다시 산을 두 개 정도 넘어간 곳에 있다.

서큐버스의 나라를 떠난 배시 일행은 홍수가 그친 아르카디아 협곡을 등반, 이 나라로 침입했다. 밀입국이지만 국경에는 기록을 남겼으니까 괜찮으리라는 판단이었다.

그런 배시 일행의 눈앞에는 설원이 펼쳐져 있었다.

사람들은 그곳을 레스 설원이라 부른다.

레스 설원은 일찍이 아무도 살지 않는 땅이었다. 1년의 대부분은 눈으로 덮여 있어서 초목이 자라지 않는 불모의 땅이었으니까.

그러나 데몬 왕 게디구즈가 즉위하고 얼마 안 되어, 데몬은 그곳에 거점을 만들었다.

데몬 왕 게디구즈가 무슨 생각으로 그곳을 눈여겨보았는지는 알 수 없다.

여하튼 전략적으로 보았을 때, 그다지 의미가 있는 거점이 아니었으니까.

휴먼도 엘프도, 직속 부하인 데몬족조차도 그 거점의 의미를 알지 못했다.

아무런 도움도 안 되는 거점, 그것이 이곳 레스 설원에 만들어진 거점이었다.

그런 거점이 역할을 한 것은 게디구즈가 붕어한 이후였다.

게디구즈가 붕어한 이후의 데몬은 네 종족 동맹으로부터 매서운 공격을 받고, 전선은 계속 후퇴하여 이윽고 수도마저도 함락. 친숙한 땅에서 쫓겨나 이 땅으로 도망친 것이었다.

그때 처음으로 게디구즈가 세운 거점이 역할을 해냈다.

추격이 멈춘 것이었다.

협곡과 산으로 막힌 거점은 의외로 수비에 강하고, 또한 전략적으로 가치가 없었기에 네 종족 동맥이 적극적으로 공격할 이유가 없었던 것이다.

네 종족 동맹의 수뇌진은 공격에 적합한 지형도 아니니까 아르카디아 협곡에 유일하게 걸린 다리에 군을 둔다면 상대는 아무것도 못 할 것이라고 판단했다.

그리고 실제로 데몬은 아무것도 못 했다. 그들에게 전선을 다시 밀어낼 힘은 남지 않았던 것이다.

데몬과 네 종족 동맹이 아르카디아 협곡과 레스 설원을 사이에 두고서 대치하는 사이에, 전쟁은 끝났다.

그리고 데몬은 그대로 설원이 갇히게 되었다.

다소나마 외교를 위해서 허가를 얻은 상위종이 조건부로 조금은 드나들 수 있을 뿐, 다른 데몬은 이 땅에서 밖으로 나가는 것을 금지당했다.

출입구가 되는 장소는 아르카디아 협곡에 걸린 외줄기 다리뿐.

그곳에는 네 종족 동맹이 요새를 건설하고, 정예들로 경비를 깔아서 출입국할 경우에는 엄중하게 심사를 진행했다.

그만큼 철저하게 데몬은 격리당했다. 서큐버스와 같은 수준이

나, 그 이상으로.

　현재 데몬을 찾는 사람은 일부 예외를 제외하면 거의 없었다.

　배시와 젤, 역전의 전사인 두 사람이 바로 그 예외였다.

■

　"이것 참―, 아무것도 없어! 게다가, 엄청 춥네요!"

　"그런가?"

　"하늘을 나는 꽃잎이라 불리는 페어리에게, 이 추위는 그야말로 독이라고요! 꽃은 추위에 약해요! 꽃은 따스한 햇살과 따끈따끈한 대지에서만 꽃을 피우죠! 그리고 때가 오면 바람을 타고 둥실둥실 하늘로 여행을 떠나는 거예요!"

　그렇게 말하는 젤은 웬일인지 이리저리 날아다니지 않았다.

　도중에 사냥한 짐승의 모피를 두르고는 배시의 어깨 위에서 부들부들 떨고 있었다.

　그러기는커녕 배시의 목에 감겨서 그의 체온을 남김없이 빼앗으려 획책하고 있었다.

　"으히―, 당신 목덜미, 따듯해요~…….."

　혹시 이 한심한 모습을 페어리족의 이름 높은 전사 젤이 봤다면 "상종 못 할 페어리다", "유감이다", "자각을 가져달라", "고향의 수치"라는 매도를 퍼부었을 것이다.

　그러나 그런 젤도 이 땅에 오면 이렇게 모피를 두를 수밖에 없었다.

혹은 위대한 전사 젤이라면 그것을 부정했을 것이다. 자신은 다르다, 페어리로서 의연한 모습을 보여주겠다고.

하지만 애석하게도 그것을 젤 스스로가 증명하고만 모양새였다.

저 젤도 추위에는 이길 수 없는 것이라고.

"그런가."

배시는 어쩌냐면, 오크라는 종족의 특성상 온도 변화에 강하기도 해서 태연했다.

아무리 그래도 추위는 느끼니까 모피를 두르기는 했지만. 페어리를 꽃으로 비유한다면 오크는 깔린 타일 틈새에서 자라는 잡초일 것이다.

"그건 그렇고, 전혀 안 보이네요. 데몬 마을! 나도 이 부근에 온 건 처음인데, 슬슬 사람의 흔적 한둘은 보여도 될 텐데! 이상하네! 내가 사람의 발자국 하나 찾지 못하다니 그런 일은 없을 텐데 말이죠! 어쩌면 데몬은 진즉에 멸망했다든지 그런 건 아니겠죠?!"

"그럴 리는 없다. 녀석들은 끈질기다."

최근 며칠, 두 사람은 데몬 마을을 찾아서 헤매고 있었지만, 마을의 그림자는 물론이고 사람의 기척조차 느껴지지 않았다.

그뿐만 아니라 이 넓디넓은 설원에서는 생물의 모습조차 거의 눈에 띄지 않았다.

야간에 사슴이나 여우, 그리고 새하얀 곰을 본 정도였다.

게다가 어째서인지 낮에는 몹시 숫자가 적었다.

야행성인 생물이 많은 것은 틀림없지만, 밤에 보이는 생물도 어쩐지 상태가 이상한 것이었다. 시야가 그다지 밝지 않은지 움직임이 묘하게 둔했다.

마치 사실은 낮에 활동하는 생물인데 억지로 밤에 깨어 있는 것 같았다.

"……윽!"

그런 위화감을 품고 있었기 때문일까.

이변을 탐지한 순간에 움직일 수 있었던 것은.

"와붑."

배시가 갑자기 눈에 머리부터 처박아서 젤의 입으로 눈이 골인.

배시는 눈을 헤치며 파고들어 자신의 몸을 완전히 가린 다음에 손가락으로 구멍을 만들고, 한쪽 눈만으로 밖의 상황을 살피기 시작했다.

"……으앗, 눈이! 차가워! 뭐뭐뭐, 뭔가요 갑자기?"

"조용히, 봐라."

다급한 그 말에 젤은 순순히 입을 다물고, 배시가 뚫은 구멍으로 푹 파고들어서는 목만 내밀어 밖을 살폈다.

"윽……."

젤은 순식간에 몸을 집어넣었다.

그것은, 하늘에 있었다.

유유히, 산책이라도 하는 것처럼 하늘을 헤엄치고 있었다.

젤이 평소처럼 날고 있었다면 틀림없이 훨씬 빨리 알아차렸을 것이다.

멀리서도 눈에 띄는, 햇빛을 받아서 반짝반짝 빛나는 붉은 비늘, 들려오는 것 같은 거대한 날개소리…….

자신의 존재를 전혀 가리지 않고 오히려 위용을 과시하는 것 같은 그 모습은, 그것에게 천적이 없음을 이야기하고 있었다.

"드, 드, 드래곤……."

바스토니아 대륙 최강의 생물이 그곳에 있었다.

"……."

제아무리 젤이라도 드래곤을 보고는 시끄러운 입을 다물 수밖에 없었다.

본능적인 공포가 몸을 지배했다.

배시 역시도 그랬다.

눈에 파묻혀서 하늘을 올려다보고, 어금니를 악물고, 칼자루를 움켜쥐었다.

"……갔나."

이윽고 드래곤의 모습이 보이지 않게 되자 배시는 눈 속에서 기어 나왔다.

두세 번 하늘을 둘러보고 후우, 한숨 돌렸다.

"이 부근은 드래곤의 서식지였군요……."

"그런 모양이군."

"히에~…… 이것 좀 봐요, 떨림이 멈추질 않아요……."

젤은 드래곤을 봤을 때부터 멈추지 않는 한기에 몸을 떨고 있었다.

어쩌면 추위가 원인일지도 모르겠지만 뭐, 그래도 드래곤 탓일 것이다.

"그래……."

반면에 배시는, 드래곤을 경계하고는 있지만 평소와 다름이 없는 모습이었다.

"역시 드래곤 슬레이어! 드래곤 따윈 무섭지 않다는 건가요?"

"그렇진 않다. 공포는 있다."

"말은 그러면서도, 쓰러뜨린 적도 있잖아요! 지나친 겸손은 몸에 해로워요! 자, 말해봐요! 나는 드래곤 따윈 무섭지 않다, 오히려 드래곤이 나를 보고서 오줌을 지릴 것이다! 라고! 날 안심시켜 줘요!"

"말이야 해줄 수 있겠지만, 드래곤의 입장에서는 나 따윈 애벌레나 마찬가지다. 떨지 마라."

배시는 거짓이나 농담을 할 생각은 없었다.

용맹한 전사도 공포를 가질 때는 있다.

그것을 부정할 만큼 배시는 어린애가 아니었다.

싸우게 된다면 떨리는 몸에 힘을 실어 워크라이와 함께 돌격하겠지만, 그것은 드래곤을 우습게 본다는 의미가 아니었다.

확실히 배시는 한 번 드래곤을 쓰러뜨린 적이 있지만, 그럼에도 저 생물이 이 대륙 모든 생물의 정점에 서는 존재라는 사실은 변함이 없었다.

그 사실은 고작 한 마리와 싸우고 이겼다고 해서 변할 것이 아니니까.

드래곤이 한순간에 오크 수백 마리를 재로 만들 수 있다는 사실에 변함이 없는 것처럼.

물론 배시는 필요하다면 싸우고, 승리할 것이다.

그 각오를 다졌다고는 해도, 무서운 것은 무서운 것이다.

"지금도 싸우면 이길 수 있나요?"

"못 이기겠지. 아무것도 없는 이 설원에서는, 날아다니는 녀석에게 손 쓸 도리가 없다. 네게 녀석을 끌어내릴 수단이 있다면 다르겠지만."

"아무리 나라도 그런 건 없어요! 하지만 그렇다면 들키지 않도록 해야겠네요."

무방비하게 설원을 걷는 것은 리스크가 너무나도 크다. 드래곤은 눈이 좋은 것이다.

최근 며칠은 운 좋게 들키지 않았지만, 혹시 발견되었다면 지금쯤 재가 되었을 것이다.

"낮에 생물이 없는 이유로군."

"낮은 드래곤의 왕국이었다는 건가요……."

"그렇다면 밤을 기다릴까."

"그러네요. 함부로 이동하다가 들키면 큰일이니까요!"

젤은 배시를 휘감은 채, 고개를 끄덕끄덕했다.

배시도 젤도, 야간의 은밀 행동은 그다지 특기가 아니었다. 그렇지만 서투를지라도 해야만 하는 것이 세상의 이치였다. 애당초 낮이라면 더욱 위험하니까 신경 쓸 필요도 없었다.

"일단 얼른 마을을 찾아내고 싶지만…… 이만큼 찾아도 발견되지 않았다면, 먼저 어딘가 마수의 둥지라도 찾고 싶네요. 이 부근의 마수라면 드래곤한테서 몸을 숨기기에 적합한 장소에 둥지를 만들 것 같으니까, 그곳을 거점으로 정찰을 돌고 싶은 참이에요."

"우선 진을 치는 건가."

배시는 드래곤이 떠난 방향으로 주의를 기울이며 몸 주변의 눈을 넓게 밀어서 눈 동굴을 만들고, 양반다리로 앉았다.

그리고 눈을 감았다.

밤에 행동한다면 한동안은 한가하다.

배시는 며칠이나 쉬지 않고 행동할 수 있지만 쉴 수 있을 때에는 쉬는 남자였다.

"음······?"

하지만 그런 배시의 귀에 익숙한 소리가 닿았다.

많은 인간이 싸울 때의 소리.

전투의 함성.

조금 늦게, 과거에 딱 한 번 들은 소리도 닿았다.

온몸이 떨릴 것 같은 큰 소리. 드래곤의 울음소리. 브레스가 대지를 터뜨리는 굉음.

전투의 소리였다.

■

배시가 현장에 도착했을 때, 이미 전투는 결판이 나 있었다.

상황을 한 문장으로 표현한다면, 겹겹이 쌓인 시체.

열 명 정도의 시체가 쓰러져 있었다.

절반은 숯으로 변했고, 다른 절반은 사지가 뿔뿔이 흩어졌다.

드래곤의 모습은 먼 하늘에 있고 입에 무언가 물고 있다는 것을 알 수 있었다.

사람이었다. 살아있다. 드래곤의 이빨에 몸이 꿰뚫린 상태에서도 손을 버둥버둥 움직이고 있었다.

하지만 지금은 어쩌든, 운명은 이미 정해졌다.

공중에서 물어뜯기든지, 둥지로 끌려가서 먹히든지…… 둘 중 하나일 것이다.

배시는 드래곤이 시야에서 사라지는 것을 기다린 뒤, 신중하게 시체 쪽으로 다가갔다.

모든 것이 숯으로 변해 있었다.

눈으로 덮여 있었을 터인 지면이 노출되고, 새카맣게 타고, 파직파직 불이 남아 있었다.

시체는 그렇게 불탄 지면과 동화되어 있었다.

"고작 이것뿐인 인원수로 드래곤과 싸운 건가……?"

배시는 그렇게 중얼거리며 시체의 숫자를 세었다.

뿔뿔이 흩어진 시체도 많지만 팔다리 숫자를 보더라도 열 명이 채 되지 않았다.

이곳이 아닌 어딘가에서 싸우기 시작했더라도 고작해야 스무 명이 안 될 정도일 것이다.

아무리 발버둥 쳐도 드래곤에게 이길 전력이라고는 여겨지지 않았다.

머리가 좋은 데몬이 적은 인원수로 드래곤과 싸운다는 어리석은 짓을 저지를까.

이동 중에 우연히 습격을 당했다고 생각할 수도 있겠지만, 이 땅에서 사는 이들이 드래곤의 영역에서 함부로 밖을 돌아다닌다고 생각하기는 힘들었다.

그만큼 안전한 장소라면 진즉에 배시 일행은 데몬 한둘과 조우했을 테니까.

"당신, 발자국은 산 쪽에서 왔어요."

젤의 말에 그쪽을 봤더니 확실히 눈에 또렷이, 그들이 이동했을 흔적이 남아 있었다.

산 쪽으로 이어지는 발자국.

그렇다면 원래는 조금 더 많은 인원수로 드래곤과 싸우고 이기지 못하여 철수한 결과, 추격을 당했다……라고 생각하는 편이 자연스러울 것이다.

"앗! 당신, 한 사람만 숨이 붙어 있어요!"

그때 주변을 날아다니던 젤이 그런 말을 꺼냈다.

배시가 그쪽으로 갔더니 확실히 하나, 온몸이 숯으로 변한 상태에서도 쌕―쌕― 숨을 쉬는 녀석이 있었다.

눈은 뜨고 있지만 안구는 불타서 없고, 의식도 있는지 알 수 없었다.

종족은커녕 남녀의 판별도 되지 않지만, 드래곤의 브레스로 즉사하지 않았다면 상당히 마법 내성이 높을 것이다. 그렇다면 데몬이나, 혹은 엘프다. 여기까지 와서 엘프는 아닐 것이다. 고위 데몬이리라.

여하튼 배시는 젤을 올려다보고 말했다.

"구해줘라."

"알겠어요!"

젤이 가루를 흩뿌렸다.

눈보다도 희고, 하지만 이따금 금색이 뒤섞인, 무척 장난이 아닌 가격으로 거래되는 가루가 상당한 양을 흘리며.

그렇지만 상당한 중상이었다. 아무리 페어리의 가루라고 해도 그 자리에서 완치되지는 않고, 표면의 숯이 투둑투둑 떨어진 정도.

여전히 온몸은 숯이었다.

하지만 그 안쪽에서는 틀림없이 새로운 피부가 생겨나고 있을 것이다.

"살아났나?"

"모르겠어요. 데몬이라면 뭐, 생명력도 강하니까 어떻게든 살아남지 않을까요."

살아있다면 화상도 언젠가 사라지고 일주일도 안 되어 피부가 원래대로 돌아올 것이다.

하지만 피부가 미처 재생되기 전에 숨이 끊어진다는 패턴도 있을 수 있었다.

페어리의 가루는 시체를 재생시키지는 못한다.

하지만 그때는 운이 나빴다고 생각할 뿐.

그런 일은 자주 있으니까.

"다른 사람은 죽었네요~."

"그런가. 그렇다면 드래곤이 돌아오기 전에 숨도록 하지."

드래곤이 돌아올 기척은 없었다.

적을 물리치고 배도 채웠다면 돌아올 이유도 없었다.

하지만 무슨 생각을 하는지 알 수 없는 생물에게 그런 이유를 이야기해봐야 의미는 없었다.

얼른 도망치는 것이 정답이었다.

"앗, 당신! 저쪽에 바위 밭이 있어요! 저기라면 몸을 숨길 장소도 쉽게 찾을 수 있을지도!"

"그래!"

이리하여 배시 일행은 빈사의 누군가를 짊어지고 바위 밭으로 이동한 것이었다.

■

배시 일행은 드래곤으로부터 몸을 숨길 수 있는 장소를 찾아서, 그곳에 있는 동굴에 정착한 마수 한 마리를 죽이고는 그곳에서 밤을 기다렸다.

두꺼운 얼음 기둥이 늘어진 입구는 지상에서는 잘 보이지만 하늘에게는 보기 힘들 터.

여하튼 이 구멍은 마수의 거처다.

오크나 페어리와 마찬가지, 마수도 마찬가지로 드래곤은 두려워한다.

이 부근에서 사는 마수라면 더더욱 그럴 것이다.

그렇다면 이 구멍은 드래곤에게 들킬 일은 없다.

해가 지는 것을 기다려서 배시와 젤은 동굴에서 기어 나와 주변 정찰을 시작했다.

배시의 등에는 조금 전에 구한 인물이 묶여 있었다.

주변은 생각보다도 밝았다.

하늘에서는 거대한 만월이 존재감을 발휘하고 그 빛이 눈에 반사되어 발밑이 희미하게 빛을 발했다.

오크는 밤눈이 밝은 종족이 아니지만 동굴의 어둠에 눈은 익숙해져 있었다.

덧붙여서 근처에 광원(페어리)도 있으니까 충분히 주변 모습을 살필 수 있었다.

그만큼 밝다면 밤을 기다린 의미가 없지 않느냐고 생각하겠지만 드래곤은 야행성이 아니다.

그렇다면 충분했다.

"무척 떠들썩하군."

"그러네요. 역시 위험한 생물이 서식한다면 이렇게 되네요. 그게, 엘프가 있는 숲은 밤에는 조용했잖아요. 저 녀석들, 밤에 사냥하러 나가기도 하니까요."

"그렇군."

눈과 얼음으로 뒤덮인 밤의 바위 밭에는, 낮에는 보이지 않던 생물을 많이 볼 수 있었다.

날개가 달린 도마뱀이나 온몸이 두꺼운 털로 뒤덮인 네발짐승, 짐승인지 곤충인지도 모를 털 구슬 같은 생물 따위가 활보하고 있었다.

이름도 모르는 그 생물들은 배시를 보자 쏜살같이 도망쳤다.

"그럼 좀 찾아보고 올게요."

"그래."

젤이 날아가고 배시는 그 모습을 지켜봤다.

빛을 발하는 페어리가 밤에 정찰하는 것은 무척 리스크가 높은 행동이지만 배시도 젤도 그런 것은 신경 쓰지 않았다. 전쟁 당시부터 수도 없이 했던 행위니까.

겸사겸사 말하면 이곳에서는 낮에 정찰하는 편이 더 리스크가 높다고 할 수 있었다.

그리고 또 하나.

밤에는 무언가를 발견할 수 있겠다는 확신이 있었다.

이것은 배시 일행에게는 단순한 감이지만, 바꿔 말하면 경험에 따른 추론이었다.

드래곤이 낮에 날아다닌다.

배시는 숨는다, 젤도 숨는다. 마수도 숨는다.

그리고 밤에 사는 마수들이 배시 일행을 보고 도망쳐서 몸을 숨긴다.

그것은 밤에 마수들을 사냥하는 헌터가 존재한다는 것을 의미했다.

오크와 비슷한 이족보행 생물이 밤에 그들은 사냥하는 것이다.

그렇다면…….

"당신, 있어요!"

"잘했다."

젤의 말에 배시는 이동을 개시했다.

바위 밭을 빠져나가 언덕을 하나 넘은 곳에서, 그것은 보였다.

절벽 가장자리에 만들어진 건축물은 하나의 거대한 성처럼 보였다. 그곳에는 불이 밝혀져서 사람의 기척이 느껴졌다.

마을이었다.

낮에 봐도 알 수 없도록 마법적인 장치가 된 마을이, 확실히 그곳에 있었다.

"저것이『기제 요새』인가."

『불공불락(不攻不落)』의 기제 요새.

전쟁 중, 단 한 번도 공격당한 적이 없었던 요새가, 그곳에 있었다.

ORC HERO
STORY
오크영웅이야기
촌탁열전

2. 기제 요새

그곳은 의문점이 많은 요새였다.

입지의 전략적인 가치는 거의 없고, 게디구즈가 즉위해서 이 요새 건축에 착수했을 때에 데몬 간부 몇 명이 반대하여 숙청되었다는 소문도 있었다. 게디구즈는 그 소동 탓에 아주 잠깐이지만 어리석은 왕이라 불렸던 것이다.

그가 요새 건설을 왜 그렇게까지 고집했는지, 아직 의문시되고 있었다.

이 요새의 무의미함은 기제 요새가 전쟁 중에 무엇이라 불렸는지를 본다면 헤아릴 수 있을 것이다.

『불공불락』.

공격할 의미가 없기에 함락될 일도 없다. 조금 더 험하게 『취약 불락』이라고 부르는 자도 있다.

오크조차 바보 취급하는 일도 있을 법한 요새였다.

'……의외로 견고한 만듦새로군.'

그렇기에 배시도 조금 더 빈약한 요새를 예상하고 있었다. 하지만 다른 데몬 요새와 비교하더라도 무척 손색이 없는 만듦새였다.

산의 표면을 따라서 만들어진 요새로, 세 줄기로 이어지는 방벽은 높고, 그리고 두껍고, 입구도 눈에 띄지 않았다. 방벽은 검은 바위와 검은 강철로 보강되고, 무언가 마법이 펼쳐져 있는지 조금 어렴풋이 빛나고 있었다.

배시는 마법에 대해서는 잘 모르지만 이전에 이것과 비슷한 방어 마법이 걸려 있는 방벽은 본 적이 있었다.

엘프의 대규모 공성 마법을 무효화하고, 드워프의 공성 병기에서 발사된 통나무 같은 파성퇴를 튕겨냈다.

그때 본 방벽은 일부에만 그 마법이 펼쳐져 있었지만, 기제 요새의 그것은 방벽 전체에 걸쳐서 펼쳐져 있는 것처럼 보였다. 배시가 이제까지 본 요새 중에서 가장 견고한 만듦새라고 해도 될지도 모른다.

"멈춰라."

그런 요새 입구에 있던 것은 데몬 두 사람이었다.

다갈색 피부를 가진 레서 데몬.

아쉽게도 남자였다.

검문. 배시에게 나라로 들어갈 때 반드시 진행되던 그것은 데몬의 나라에서도 변함이 없는 듯했다.

"오크, 네놈이 이곳으로 오는 건 알고 있었다. 혼자서 무슨 용건이냐."

알고 있었다. 그 말에 배시는 한순간 물음표를 띄웠다.

하지만 데몬은 항상 이랬다. 다른 종족이 무엇을 하는지 어디로 가려고 하는지, 마치 이미 알고 있는 것을 읊듯이 상대를 비웃는 것이었다.

일부 오크는, 그들은 예지가 가능하다며 강하게 믿고 있었다.

예지가 가능하다면 전쟁에서 질 리가 없다며 비웃음을 사기도 했지만.

"형님, 페어리도 있습니다. 두 사람이에요."

"멍청이. 페어리를 사람으로 세지 마라. 그렇게 배웠을 텐데."

"하하하. 그런 식이라면 두 마린가요?"

"그렇게 말할 수도 있겠군."

두 문지기는 히죽히죽 웃으며 배시와 젤을 보고 있었다.

험악한 분위기는 아니었지만 왠지 모르게 얕잡아보는 기척이 있었다.

"그래서, 무슨 일이냐 오크. 멸망해가는 우리의 마지막 낙원에 무슨 용건이냐?"

"형님, 그런 걸 묻는 건 실례니까."

"어째서지?"

"이런 장소에 오크가 올 이유 따윈 별로 없으니까요. 아마도 둥지에서 쫓겨나고 어느 나라에서도 박해를 당한 끝에, 먹을 게 곤란해져서 다다른 곳이겠죠."

"이것 참, 우리나라는 쓰레기 버리는 곳이 아니라고 하는데."

"이미 쓰레기장이긴 한데요!"

"하하하하하!"

배시는 그들의 비웃음을 흘려들으며 등에 지고 있던 것을 땅에 내려놓았다.

"그러니까 쓰레기 버리는 곳이 아니라고 했을 텐데…… 그래서, 그건 뭐냐?"

"도중에 주웠다. 부상자다."

그 말에 문지기들은 쳐다보지도 않았던 그것으로 시선을 떨어뜨렸다.

어두워서 잘 보이지 않았던 모양이지만, 그러나 사람이라 생각하고서 봤더니 정말로 사람임을 이해한 듯했다.

검은 숯으로 변한 인간이라고.

"뭐냐, 이건…… 살아있나?!"

"살아있다. 도중에 설원에서 드래곤의 브레스에 탔다. 그밖에도 몇 사람인가 있었지만 살아있던 건 이 녀석뿐이었다.

"설마, 토벌 부대의…… 말도 안 돼, 전멸했을 텐데……."

문지기의 안색이 바뀌었다.

조금 전의 여유로운 표정이 사라지고 다급한 목소리가 울려 퍼졌다.

"완전히 숯이 됐어. 이래서는 신원도 알 수가 없어! 들것! 의료사한테 연락도! 서둘러라!"

"예! 형님!"

문지기 중 한쪽이 그 말에 어딘가로 달려갔다.

"페어리 가루를 뿌렸다. 그렇게 서두르지 않아도 죽진 않는다."

배시가 그렇게 말하자 나머지 문지기는, 퍼뜩 놀란 얼굴로 배시와 젤을 봤다.

확실히 페어리 가루라면 이 상태에서도 죽지 않을 가능성이 있었다.

페어리 가루란 그만큼이나 강력한 회복약인 것이다.

"……어흠, 아무래도 동포를 구해준 모양이군. 감사하지. 조금 전의 무례도 사죄를 받아주지 않겠나. 우리 데몬 용사를 잘 구해주었어. 포상을 주고 싶지만 애석하게도 지금은 가진 게 없어서 말이야."

말투는 조금 전과 그렇게까지 차이는 없지만 목소리에서는 조금 전까지 있던, 명백한 모멸이 사라져 있었다. 데몬이라는 종족은 감사해야 할 때는 할 수 있는 종족인 것이다.

"거기 페어리도, 고맙다. 동포에게 귀중한 그 가루를 뿌려주었군."

그 말에 젤은 머플러 상태에서 스르륵 빠져나와서 배시의 어깨 위에 섰다.

"뭐, 당연하죠! 우리는 보다시피 수많은 전장을 헤쳐 나온 역전의 전사니까요. 부상병을 보면 안전한 곳까지 운송하는 건, 아침 먹고 응가를 보기 전에 해치우는 수준이라고요! 페어리는 응가 같은 건 안 보니까 무척 여유 있지만요! 좀 더 성의 있는 태도를 취해도 될 정도예요! 애당초 여기 계시는 분이 누구인지 알고 있나요! 다름 아닌 엣취! 추워……."

젤은 이야기 도중에 크게 재채기를 하고 몸을 떨며 배시의 머플러로 돌아갔다. 말은 도중에 그쳤지만 문지기는 떨떠름한 표정을 지었다.

데몬에게도 있는 것이었다. 페어리에 대한 격언이 잔뜩.

유명한 것은 『페어리의 말에 귀를 기울인다면 우선은 귀가 가벼워지고, 다음은 입이 가벼워지고, 이윽고 머리 그 자체가 가벼워져서 날아가 버린다』였다.

요컨대 페어리의 헛소리에 계속 귀를 기울이다가는 언젠가 죽는다는 의미였다.

그래서 문지기는 배시 쪽을 봤다.

"실례했다. 오크. 그렇다면 다시 한번 묻도록 할까. 어디의 누구냐? 무슨 목적으로 이곳에 왔지? 보고로는 다리 쪽에서 온 건 아닌 모양이다만……?"

"『오크 히어로』 배시다. 이곳에는 어떤 것을 찾으러 왔다."

배시는 그렇게 말하면서도 기대하지는 않았다.

어쨌든 상대는 데몬.

다갈색 피부를 가지고 있으니까 문지기는 하위종인 레서 데몬일 테지만, 하위 데몬도 오크보다 상위 종족이라는 사실은 변함이 없다.

데몬이 오크의 이름을 들어봐야 코웃음 치는 것이 고작이라고.

"『오크 히어로』? 그 『용단두(竜斷頭)』라는?"

하지만 생각했던 것보다 문지기의 반응은 또렷했다.

"웃기지 마라, 멍청한 오크 자식! 나를 속일 수 있다고 생각했나? 『오크 히어로』는 네놈들에게 소중한 칭호일 텐데! 아무리 동경한다고 해도 영웅을 사칭하다니, 마지막으로 남은 약간의 긍지조차 상처를 입을 거라고!"

"거짓말이 아니다. 오크 킹에게 맹세하지."

그 말에 데몬은 눈을 크게 뜨고서 배시를 찬찬히 봤다.

"진짜냐……!"

데몬들은 배시의 얼굴은 모르더라도 오크 킹에게 맹세하는 것이 얼마나 무거운 일인지를 알고 있었다.

그 말을 꺼낼 수 있는 것은 오크 중에서도 한정된 이들뿐이라고.

오크가 가볍게 꺼내도 되는 거짓말이 아니다.

『오크 히어로』 사칭이 가볍게 꺼내도 되는 거짓말이냐면 그렇지도 않지만, 적어도 그쪽은 일종의 소원이니까 그나마 용납이 된다.

"그렇다면…… 찾는다는 건?"

"그건 말할 수 없다…… 하지만 휴먼 왕자 나자르로부터 『암흑 장군』 시켄스에게 보내는 편지를 맡고 있다."

그 말에 문지기가 잔뜩 긴장했다.

휴먼 왕자 나자르의 이름은 여기까지 알려져 있었다.

데몬 왕 게디구즈를 쓰러뜨린 휴먼 왕자. 그 무용은 이후의 데몬과 휴먼의 전쟁 최전선에서도 발휘되었다. 수많은 전장에서 데몬을 계속해서 죽이고 승리를 거둔 그 왕자는, 데몬에게는 공포의 대상이라고도 할 수 있는 존재였다.

물론 데몬은 휴먼을 상대로 공포 따위는 느끼지 않지만.

여하튼 그렇기에 살짝 경계하는 기색을 드러냈지만 금세 그것은 사라졌다.

왜냐면 전쟁을 끝내고 강화를 제안한 것도 그 왕자였으니까.

"……알았다. 그렇다면 감사하도록 해라. 내가 직접 『암흑 장군』 시켄스 님께서 계신 곳으로 안내해줄 테니까."

"음. 감사한다."

이리하여 배시 일행은 데몬의 안내에 따라 밤의 마을로 들어가는 것이었다.

■

　데몬의 요새는 농성에 적합한 구조로 되어 있었다.

　어느 요새라도 내부에서 장기간 생활할 수 있도록 만들어져 있었다.

　단기 결전을 모토로 하는 오거의 요새나, 날개가 있으니까 방어를 거의 생각하지 않는 서큐버스나 하피의 요새와 달리, 방어전에 특화된 것이다.

　비슷한 요새를 만드는 휴먼 같은 입장에서 본다면 요새니까 당연하다고 그러겠지만…… 어쨌든 일곱 종족 연합이 만드는 요새에는 종족마다 특색이 있고, 데몬의 특색은 방어에서 도드라진다는 것이었다.

　"나도 소문으로는 들었지만 정말로 평범한 요새네요. 게디구즈 님은 어째서 이런 곳에 만들었을까요? 어쩌면 전쟁이 끝나면 이곳을 데몬의 수도로 삼을 생각이었을까요?!"

　"글쎄. 하지만 집이 있다. 살 생각은 있었을지도 모르겠군."

　기제 요새의 안쪽은 돌로 만든 가옥이 늘어서 있었다.

　물론 데몬의 요새에서는 평범한 일이었다.

　건축물은 계단 모양으로 늘어세우고, 건축물 사이를 극단적으로 좁게 만든다. 그곳에 바리케이드를 만들면 간이 미로가 되어 적의 진공을 늦추는 것도 쉬워진다.

　건축물은 적의 진공을 막는 장애물이 될 수 있지만, 그저 벽을 만드는 것보다 평소에는 가옥으로 이용한다면 낭비가 없다.

그렇기에 데몬의 요새는 그것이 하나의 마을이라 할 수 있는 것이었다.

배시도 몇 번인가 데몬의 요새를 방문한 적이 있지만, 거친 요새 안이라고는 여겨지지 않을 만큼 선진적이고, 화려하고, 활기가 넘쳐나던 것을 기억하고 있었다.

하지만 이곳 기제 요새는 빈말로도 화려하다고도, 활기가 넘쳐난다고도 하기 힘들었다. 해가 진 가옥은 드문드문 불빛이 켜져 있지만 전체적으로 어둡고 조용했다.

안에서는 인기척이 느껴지지만 밖을 돌아다니는 사람은 거의 없었다.

가끔씩 지나쳐가는 사람도 얼굴을 가리듯이 후드를 깊이 덮고서 걷고 있었다.

어둡고 정체된 공기가 흐르는 마을.

서큐버스의 나라와 달리 절박한 것은 아니었다.

다만 무언가 진흙탕 같은 정체와 한숨 섞인 체념이 느껴졌다.

"음."

문득 배시 일행 옆을 한 여자가 지나갔다.

측두부에 뿔이 있는 파란 피부의, 여자. 눈매는 날카롭고 몸놀림도 나쁘지 않았다.

방한구 위에서도 또렷하게 풍만함을 알 수 있는 몸매. 특히나 도드라지는 것은 데몬 여자 특유의, 무어라 말할 수 없이 감미로운 향기였다. 데몬에게는 특이할 것도 없는 향수지만 오크들에게는 절벽 위의 꽃향기였다.

"……흥."

그녀는 배시를 흘끗 보더니 시선을 홱 돌리고 그대로 지나갔다.

배시는 멈춰 서서 그녀 쪽을 돌아봤다.

여자는 배시의 시선을 느꼈는지 돌아왔지만 금세 고개를 홱 피하고 걸어갔다.

"아무 말도 안 하네요."

"그래."

의외의 일이었다.

혹시 전쟁 중이었다면, 지금처럼 데몬 여자와 엇갈려 지나가면 "더러운 오크 따위가 나한테 다가오지 마!"라며 호통을 쳤을 것이다. 혹은 "왜 네놈 같은 하등한 종족이 이런 곳에 있지? 누가 날 봐도 된다고 했어?"라며 기분 나쁜 소리를 들었을지도 모른다.

기분이 나쁘다면 마법으로 날려버렸을 것이다.

어쩌면 젤 같은 경우에는 날카로운 목소리를 터뜨리며 사지가 찢어졌을지도 모른다.

데몬 중에는 페어리를 해충처럼 취급하는 사람도 있는 것이다.

데몬이라는 것은 그런 종족이다.

고결하고 오만. 고귀하고 존귀. 자신이 하등하다고 믿는 종족을 보면 매도를 참지 못한다. 그런 존재인 것이다.

그런 종족이, 아무런 말도 없이 떠났다.

혹은 불러 세웠다면 멈춰 서서 돌아봐 주었을지도 모른다. 돌아오는 말은 틀림없이 지독했을 테지만.

"이건 나자르의 말이 옳을지도 모르겠군."

"기대감이 생기네요!"

나자르는 말했다.

『오크 히어로』라면 고위 데몬이라도 이야기를 들어줄 것이라고.

반신반의했지만, 이렇게 실제로 데몬 여자가 매도하지도 않고 지나가는 모습을 봤더니 믿을 수 있을 것 같았다.

물론 매도를 하지 않았을 뿐, 미소 하나 보여준 것도 아니지만.

"왜 그러지?"

"아니, 아무 말도 안 하는구나 싶어서."

"……데몬은 그만큼 오만하지 않아. 자신들의 상황은 이해하고 있어."

문지기는 기분 나쁘다는 듯이 말하고 걸어갔다.

배시는 그것을 "데몬이라고 해도 『오크 히어로』에게 실례를 저지르진 않는다"라는 의미라 받아들이고, 나자르에게 감사했다.

확실히 나자르의 말이 옳았다. 이러면, 어쩌면 데몬 여자를 아내로 맞이할 수 있을 가능성도 있을지도 모른다.

가능성은 낮을지도 모르지만 없지는 않다. 승산이 없지 않다면 싸워야 한다. 왜냐면 배시는 긍지 높은 오크의 전사니까.

"전쟁에 질 수밖에 없었군."

역시나 무시무시한 휴먼. 상황을 꿰뚫어 보는 그들의 능력에는 그저 혀를 내두를 뿐이었다.

그런 기분이 담긴 한마디였다.

"뭐라고……?"

배시의 말에 문지기는 으득 이를 갈고 그를 노려봤다.

"네놈, 지금 우리 데몬을 우롱했나?"

"안 했다만."

"그래요! 배시가 데몬을 바보 취급할 리가 없잖아요! 당신이 아무리 야유와 자학을 담아서 자신들을 보고 있더라도, 오크인 배시한테 그렇게 에두른 말이 통하겠나요! 아니죠! 안 통해요! 우리 페어리라면 모를까, 오크가 누군가를 바보 취급한다면 굳이 되물어봐야만 할 정도로 에두른 표현은 안 써요! 더 직설적으로 말한다고요! 바보라고! 그 정도는 알겠죠?! 하물며 눈앞에 있는 건 오크 중의 오크, 『오크 히어로』 배시라고요?!"

"……어어."

젤의 머신건 토크에 문지기의 기세가 꺾였다.

이렇게 된 요정에게 반론하는 것은 어리석은 일이라고, 문지기도 잘 알고 있었다.

그렇기에 배시 쪽을 돌아보고 본론만을 꺼내기로 했다.

"그럼 어째서, 전쟁에서 진 것이 당연하다는 의미의 말을 꺼냈지?"

"데몬 여자가, 나자르가 말한 그대로의 태도였으니까."

문지기는 돌아봤지만 이미 여자의 모습은 없었다.

태도라고 그래도 떠올릴 수 없었다. 여자가 어떤 얼굴이었는지 상상도 가지 않았다.

데몬은 평소부터 위압적이기에, 태도가 다르다고 그래도 평소와 무엇이 달랐는지 알 수가 없는 것이었다. 딱 하나 말할 수 있는 것은, 나자르가 데몬 여자의 태도를 예상했을지라도 전혀 이상하지 않다는 것일까.

데몬 안에서는, 나자르라는 이름은 배시가 생각하는 것보다도 컸다.

"……가자고."

문지기는 결국 아무런 말도 못 하고, 고개를 홱 돌리고서 앞으로 나아갔다.

어쩐지 그의 발걸음은 조금 전보다도 빨랐다. 마치 배시에게 데몬의 나라가 현재 어떤 모습인지 드러내고 싶지 않은 것처럼. 지금의 자신들이 부끄러워해야 할 존재인 것처럼…….

ORC HERO
STORY
오크영웅이야기
촌 탁 열 전

3. 암흑 장군

『암흑 장군』 시켄스는 기제 요새의 가장 안쪽에 있는 작전 회의실에서 고개를 숙이고 있었다.

"……."

눈을 감고, 팔걸이에 손을 얹고 잠자듯이 생각하는 것은 이제까지 자신의 인생과, 죽어간 동료들과, 그리고 데몬족의 앞날에 대해서였다.

시켄스는 노인이다.

엘프와 마찬가지로 오래 사는 데몬 중에서도 특히 노인이다.

구체적으로 말하면, 선더 소니아 다음 정도로 오래 살고 있었다.

그의 일생은 전투로 채색되어 있었다.

아무것도 모르는 젊은 시절에 시작하여, 『지장(智將)』 시켄스 시절을 거쳐, 데몬 왕 게디구즈 즉위를 지켜보고, 수많은 전장에서 공적을 올려 『암흑 장군』의 이름을 받고, 레미엄 고지 패전에서 철수전 지휘를 맡고, 그 후의 전쟁에서 계속 지고서도 죽지 않고 계속 싸웠다.

이미 이런 나이다. 더는 무리다. 슬슬 후진에게 자리를 물려줘라. 그런 말을 들은 지도 몇 년이 되었을까.

시켄스는 계속 전선에 서서, 계속 살았다.

동료들은 차례차례 죽었다.

아내도 잔뜩 있었지만 모두 죽었다.

딸도 잔뜩 있었지만 남은 것은 하나뿐이다.

전후에는 셋이 남았지만 한 사람은 전후의 혼란으로 죽고, 한 사람은 떠나서 행방을 감추고, 다른 한 사람은 바로 어제, 죽었을 가능성이 높다는 소식이 들어왔다.

남은 한 사람도 연락이 없을 뿐, 죽었더라도 이상하지는 않다.

이제 가족은 없다.

그뿐만 아니라 시켄스에게는 이미 힘도 시간도 남아 있지 않았다.

조금은 남은 두뇌를 이 작전 회의실에서 쓰는 것뿐이었다.

며칠에 한 번 있는 회합에서 해결책이 보이지 않는 데몬의 미래에 대해 지혜를 짜낼 뿐인 것이었다.

'얄궂군.'

시켄스는 생각했다.

게디구즈가 이곳에 요새를 건설하겠다고 말했을 때, 가장 반대한 것이 시켄스였다.

이런 장소에 요새를 세워서 어쩌자는 것인가. 한정된 자원을 낭비하지 말라고.

당시에 게디구즈에게 반대한 것은 후회하지 않고 자신의 말은 무엇 하나 틀리지 않았다고 생각하지만, 이곳에 요새가 없었다면 데몬족의 생존자는 도망칠 곳을 잃고서 전멸했을 것이다.

그렇다. 패전 당시에 이 요새로 도망치자고 결정한 것 역시도 시켄스였다.

이곳이라면 추격은 없고, 있을지라도 대처할 수 있다고.

게디구즈는 이것을 상정하여 이 요새를 지은 것은 아니다. 그 것은 시켄스도 알고 있었다.

바로 그렇기에 생각하는 것이었다, 참으로 얄궂다고.

그저 필요가 없다고 계속 말했던 자신이, 데몬의 누구보다도 이 요새를 의지하게 되었으니까.

그런 가운데, 시켄스는 오늘도 데몬의 내일에 대해서 생각하는 것이었다.

전쟁이 끝나고, 3년. 아니. 이제 4년이 되나.

데몬은 4년 동안 이 땅에 갇혀 있었다.

설원은 상상보다 동물이 있어서 국민이 음식으로 곤란하지는 않았다.

결코 풍부한 것은 아니고 아사를 면하는 정도이지만, 적어도 아사자는 거의 없었다. 사는 것뿐이라면 이곳에서도 어떻게든 될 것이다.

······녀석이 없다면.

천공의 패자.

대륙 최강의 생물.

드래곤.

이곳 일대는 녀석의 영역이었다.

그렇기에 데몬은, 낮에는 변변히 밖에 나가지도 못하고, 불빛 도 못 밝히고, 결계를 치고 요새에 틀어박혀서 밤이 되면 생쥐처럼 기어나가서, 살기 위한 양식을 찾는 것이었다.

고상한 데몬이 생쥐처럼······.

국민도 처음에는 다소 태평했다.

"이 정도로 우리를 가두어 죽일 생각이냐."

"생존자를 전원 노예로 만들지 않은 건 물론, 땅까지 주다니 얄팍한 짓이야."

"근절시키지 않은 걸 후회하게 만들어주마."

"어리석은 휴먼이여. 승리를 눈앞에 두고 방심했군."

그런 식으로 승자를 얕잡아보는 사람조차 있었을 정도였다.

사실 시켄스 역시도 그중 하나였다고 할 수 있으리라.

휴먼을 얕잡아본 것은 아니지만 여기서 세력을 다시 일으키는 것은 충분히 가능하리라 생각했다.

데몬의 몸은 튼튼하고 추위에 강해서 며칠은 먹지 않더라도 괜찮고, 마법 기술은 모든 종족 가운데 최고 수준.

뛰어난 종족인 데몬은 이런 사지인 설원에서도 충분히 생활할 수 있었다. 땅을 일구고 가축을 기르고 십여 년 정도 전력 증강에 힘쓴다면, 이 설원을 데몬으로 가득 채우는 것도 가능하리라 생각했다.

설령 드래곤이 있었을지라도, 말이다.

드래곤은 확실히 최강의 생물이다. 어설프게 이길 수 있는 상대가 아니다.

그것은 이곳 바스토니아 대륙의 생물 모두가 가진 공통인식이라고 할 수 있다.

하지만 레미엄 고지에서는 분명히 드래곤 한 마리를 쓰러뜨렸다.

레미엄 고지의 드래곤이 출현했을 때는, 그 위용과 압도적인 화력이 두려워 벌벌 떨었다.

모두가 "저런 걸 어떻게 하느냐"라며 멍하니 하늘을 올려다본 것이었다.

하지만 쓰러뜨려 버리니 별것 아닌 상대였다고 할 수 있었다.

예상보다도 약했다. 그런 반응조차 있었다.

여하튼 지표면으로 끌어내린 뒤, 마무리를 지은 것은 오크 전사 하나였다.

오크는 데몬보다 아득히 뒤처지는 종족이다.

오크가 할 수 있는데 자신들이 못 할 리가 없다.

레미엄 고지 전투보다 전력이 갖추어지지는 않았기에 희생은 나오겠지만, 반드시 토벌하여 이 설원을 자신들의 손에 넣는다.

그것은 데몬들에게 이미 결정된 사항이라 할 수 있었다.

그 생각이 자만심이라고 깨달은 것은, 최초의 토벌대를 조직해서 드래곤에게 전투를 건 뒤였다.

한 번의 전투로 토벌대는 전멸했다.

지휘관은 시켄스의 딸 중 하나, 리멘디아였다.

게다가 드래곤은 생각도 하지 않은 행동에 나섰다.

기제 요새를 습격하여 보복을 벌인 것이었다.

지옥이었다.

드래곤의 파이어브레스는 데몬의 마법 방벽을 간단히 돌파, 강인한 데몬을 한순간에 재로 만들었다.

데몬이 사용하는 마법은 드래곤에게 거의 닿지 않고, 닿았을지라도 비늘에 튕겨나갔다.

불행 중의 다행이었던 점은 기제 요새가 견고했다는 것일까.

절벽에 건설된 입지라서 드래곤은 지표면에 내려서지 못하고, 요새 안에 둘러친 결계로 파이어브레스가 요새를 모두 불태우기에 이르지는 않았다.

하지만 바로 그 때문이라고 해야 할까. 드래곤은 만족하지 않았다.

드래곤은 며칠에 한 번은 기제 요새로 날아와서는 공중에서 브레스를 발사하게 된 것이었다.

데몬들은 기제 요새 주변에 은둔의 결계를 둘러쳤다. 드래곤으로서는 볼 수 없게 만드는 결계였다.

그럼에도 드래곤은 찾아왔다.

보이지 않더라도 장소는 기억하는 것이리라. 마구잡이로 브레스를 흩뿌렸다.

보이지 않는데도 그랬다.

요새 밖을 돌아다니다가 들킨다면 당연하다는 듯 내려와서는 먹어치웠다.

그렇기에 데몬들은, 낮에는 요새 밖을 돌아다닐 수가 없게 되었다.

그뿐만 아니라 공포 때문에, 요새 안에 있을지라도 눈에 띄지 않도록 후드를 뒤집어쓰고 불필요하게 목소리를 높이지 않도록 조용히 하는 사람이 늘어났다.

드래곤은 야행성이 아니니까 밤에 습격하는 일은 없었지만 데몬들에게 공포를 심어놓기에는 충분했던 것이다.

일련의 공방으로 데몬들은 마음이 꺾였다.

드래곤에게는 이길 수 없다고.

'어떻게 하면 좋으냐……'

시켄스는 매일 고민하고 있었다.

어떻게 하면 이 상태에서 데몬은 햇빛을 볼 수 있는가.

매일 고민하지만 해답은 나오지 않는다.

적어도 드래곤이 없어진다면, 모두가 생각하고는 있지만 유효한 방법이 떠오르지는 않았다. 데몬들 대부분은 이미 포기하고 있었다. 자신들은 이 눈과 얼음에 갇힌 채, 절멸당하는 것이다.

알 수 없다.

시켄스는 데몬 제일의 지장이라 일컬어지며 온갖 전장에서 해답을 찾아냈다.

그 결과로 『암흑 장군』 같은 칭호까지 받은 시켄스라도, 알 수가 없다.

어떻게 하면 좋은가. 그저 고민하는 것밖에 할 수가 없었다.

오늘 하루도 의자에 앉은 채, 몸이 서리에 뒤덮여서도 미동도 하지 않고, 부질없이…….

"실례합니다. 각하, 손님을 데려왔습니다."

그러나 그날은 아무래도 다른 것 같았다.

병사 하나가 작전 회의실 입구에 서 있었다.

기억에 있는 기척이었다. 최근에 병사가 된 젊은이였다.

"손님이라고? 누구냐? 회의 때까지는 아무도 오지 말라고 했을 텐데."

"예, 하지만 국외에서 온 손님이라."

국외라는 말을 듣고 시켄스는 간신히 눈을 하나 떴다.

그대로 곁눈질로 입구의 병사를 봤다.

그리고 그 옆에 선 사람을 보고 모든 눈을 크게 떴다.

"너는……!"

좌우 측면으로 네 개 있는 눈과 전방에 나란히 있는 네 개의 눈.

여덟 개의 눈을 전부 크게 뜨고서 그 남자를 봤다.

오크였다.

그저 그런 오크.

어디에나 있다. 전장에서 산산조각이 나서 죽어가는 어중이떠중이.

우수한 전사는 여럿 있지만 그럼에도 어차피 『숫자』로 셀 수 있을 정도의 소모품.

그런 인식이니까 시켄스로서는 오크 따위는 구별이 되지 않았다.

친구가 "오크 중에도 기개 있는 녀석이 있다"라고 해도 코웃음을 쳤을 정도였다.

하지만 그 녀석을 본 순간, 온몸의 털이 곤두섰다.

전신이 가늘게 떨렸다.

이 녀석을 본 것은 단 한 번. 하지만 잊을 수 있겠느냐. 이런 오크는 둘도 없다.

시켄스는 오크의 이름을 거의 기억하지 못한다. 하지만 그 녀석만큼은 잊을 리가 없었다.

"배시인가?!"

"오랜만입니다."

시켄스는 그만 일어섰다.

몇 주 만의 기립이었다.

시켄스의 허리와 다리가 우둑우둑 소리를 내고, 몸 표면에 붙은 서리가 땅바닥으로 흩어졌다.

배시.

저 그린 오크는, 레미엄 고지 결전 전후로 눈에 띄는 활약을 보여준 전사다. 시켄스의 친구인 『강검(剛劍) 장군』 네자행크스가 일생에서 유일하게 자신의 검을 선물한 상대이기도 했다.

게디구즈 사후, 패전이 이어지는 가운데서도 이 오크의 활약만큼은 들렸다.

휴먼의 맹공을 상대로 지휘관이 머무르는 진지를 다수 박살 내고, 엘프 대마도사를 쓰러뜨리고, 절체절명에 빠진 서큐버스를 구했다······.

게다가 그 게디구즈의 최후를 지켜본 남자이기도 했다.

용사 레토를 무찌른 남자이기도 했다.

이 남자가 게디구즈의 시체를 안고 시켄스가 있는 곳으로 찾아온 그때는, 잊을 리가 없다. 그때의 절망은 떠올리고 싶지도 않지만······.

그런 것보다도 시켄스는 또 하나, 아는 것이 있었다.

배시의 별명이었다.

많은 별명을 가진 이 오크는, 특히 데몬 사이에서는 이렇게 불리고 있었다.

『용단두』.

드래곤 슬레이어.

배시는 레미엄 고지 결전에서 드래곤을 쓰러뜨렸다.

쓰러뜨린 것이다, 저 드래곤을.

지금 그야말로 데몬이 찾고 있던 인재라고 할 수 있을 것이다.

이 오크를 쓴다면 어쩌면, 데몬을 공포에 빠뜨린 저 드래곤을…….

하지만 시켄스가 쉽사리 감정을 드러내는 일은 없었다.

눈앞의 오크가 자신에게 형편 좋은 이유로 나타날 리는 없고, 또한 자기 생각대로 움직이는 말이 될 시대도 아니라는 사실을 이해하고 있었으니까.

"……왜 이곳에?"

그렇기에 냉정하게 그 의문을 입에 담았다.

냉정하게 생각하면『오크 히어로』인 배시가 이곳에 올 리가 없다.

오크도 데몬과 마찬가지로 네 종족 동맹에게 휘둘리는 입장일 터.

그런 나라의 영웅이 왜 나라를 떠나서, 이런 장소까지 온 것인가.

"휴먼 왕자 나자르가 보내는 편지를 가져왔다."

그것을 듣고 시켄스는 눈을 네 개 감았다.

역시, 마음속으로 납득했다. 오크가 스스로의 생각에 따라 이곳까지 올 리는 없었다.

문제는 그 내용이었다.

"받도록 하지."

배시가 품에서 꺼낸 종이는 오는 길이 얼마나 가혹했는지를 이야기하는 것이었다.

모서리는 모두 뭉개지고, 한 번 물에 빠지기라도 한 것처럼 전체적으로 뻣뻣했다.

간신히 휴먼 왕가의 봉인이 남아 있었기에 그것이 나자르가 보냈다는 이야기가 진실임을 알 수 있었다.

'휴먼 애송이가 보내는 편지, 인가……..'

뻣뻣한 봉투를 날카로운 손톱을 찢고 안의 편지를 꺼냈다.

"흠……."

글자는 번져서 읽을 수가 없었다.

무엇이 적혀 있었는지 전혀 알 수가 없었다.

오크 따위한테 편지를 들려 보내니까.

"그렇군."

그렇지만 휴먼 왕자 나자르가 오크에게 편지를 들려 보내면서까지 따지고 싶은 일은 예상이 갔다.

시켄스의 딸, 포플라티카와 그 패거리에 대한 이야기일 것이다.

그녀들은 "게디구즈 님을 부활시킨다"라고 벼르며 나갔다.

시켄스가 데몬의 나라에서 어떻게든 반출한 국보까지 훔쳐서, 말이다.

그녀를 추종하여 나간 이들도 다수 있었다.

하지만 그들이 지금 어떻게 하고 있는지, 알 방도도 없었다.

여하튼 이곳에는 중요한 정보는 일절 들어오지 않으니까.

"그래서, 넌 뭐냐? 이 편지를 전하는 것뿐이냐?『오크 히어로』가, 휴먼 애송이의 앞잡이로 전락했나?"

시켄스는 평소 분위기 그대로 그렇게 말했지만 운반자 인선은 그르치지 않았다고 생각했다.

배시가 아니라면 여기까지 다다를 수 없었을 가능성도 높다.

오히려 어떻게 국경에서 여기까지 드래곤의 눈을 피해서 다다랐는지, 어떻게 은폐된 요새를 찾아냈는지 술이라도 마시며 물어보고 싶을 정도였다.

시켄스는 외모와는 달리 젊은이의 무용담을 듣는 것은 무척 좋아했다.

그만큼 배시에게 편지를 들려 보낸다는 판단은 옳았다.

다다른 시점에서 옳았다고 단언할 수 있다.

그럼에도 입에서 비웃는 것 같은 말이 나온 것은, 데몬의 버릇 같은 것이리라.

상대를 모멸하지 않을 수가 없는 것이다. 자신들이 영락했을지라도.

그리고 배시에게 편지를 들려 보낸 것은 옳을지라도,『어째서』라는 의문이 남는다.

어째서 배시는 그것을 떠맡았는가.

하등하다고는 해도 긍지 높은 전사인 영웅이, 왜 편지 운반 같은 잡일을 하는 것인가.

"앞잡이가 될 생각은 없다."

"그렇겠군. 그저 심부름꾼 따위가 여기까지 올 수 있겠는가. 밤에 이곳을 방문했다는 건, 너도 본 거겠지? 녀석을."

"드래곤 말인가. 그래, 봤다."

"봤다, 라고 나오셨나. 그래서, 어떻게 했나? 쓰러뜨렸나?"

"아니, 떨어뜨릴 수단이 없었으니까. 눈에 숨어서 밤을 기다렸다."

"그런가, 마치…….."

시켄스는 "마치 떨어뜨릴 수단이 있다면 쓰러뜨릴 수 있다고 그러는 것만 같군" 하고 말하려다가, 그만두었다.

그것을 한 번 이루어낸 사람에게 말하는 것은 어리석은 짓이었다.

"네 입으로 목적을 듣고 싶다. 이런 종잇조각도, 추위로 웅크리고 있는 페어리의 입도 아닌, 네 입으로 말이다."

시켄스는 경의를 담아서 그렇게 말했다.

데몬이 오크에게 경의를 담는다니, 좀처럼 없는 일이다.

오크의 말 따위, 본래라면 들을 가치도 없다. 혹시 옆에 다른 종족이 있었다면 그쪽에게 묻는다. 오크 따위가 입을 열어봤자 대단한 말이 나오지도 않으니까. 어차피 호언장담을 던지고 바보 같은 소리를 지껄일 뿐이다. 페어리 쪽이 차라리 낫다.

하지만 그럼에도 시켄스는 배시의 말을 기다렸다.

그만큼 시켄스는 배시를 높이 평가하고 있었다.

전쟁에서 끝까지 싸운 이들 중에 배시를 높이 평가하지 않는 사람 따위는 없으리라고 생각했다.

"……."

배시는 굉장한 안력으로 시켄스를 노려봤다.

역전의 장군 시켄스의 등줄기가 오싹해질 법한, 강한 시선이었다.

"네 딸을, 소개해줬으면 한다."

"포플라티카 말인가? 나는 그 녀석이 어디 있는지 모른다고."

"다른 딸은?"

"리멘디아는 죽었다."

"분명히, 하나 더 있었을 테지."

"있다마다! 아스모나디아가!"

"그럼 그 딸을 소개시켜다오."

시켄스는 생각했다.

딸을 소개해줬으면 한다. 데몬의 상식으로 생각한다면 "네 딸과 사귀고 싶다"라는 의미다. 그것을 평범한 오크의 말로 변환한다면 "네놈의 딸을 범해서 아이를 낳도록 만들어주겠다"라는 의미가 된다.

데몬 귀족으로서는 용서할 수 없는 발언이었다.

박살을 내서 깨닫게 만들어줄 수밖에 없다.

하지만 눈앞에 있는 것은 『오크 히어로』 배시다.

이 오크가 어떠한 인물인지 시켄스는 잘 알지 못한다.

하지만 과거의 친구는 배시를 평가하기를 "기개 있는 녀석이다"라고 했다.

완고하고 타인을 좀처럼 칭찬하지 않는 남자였다. 하물며 자신이 아끼는 검을 건네다니, 시켄스가 이제껏 살면서 한 번밖에 들은 적이 없었다.

휴먼 왕자 나자르는 이 남자에게 문장을 넣은 편지를 맡겼다.

휴먼이, 오크에게 말이다.

확실히 배시는 운반자로서 최고일 테지만, 그래도 달리 사람은 있었을 것이다.

오크 이상으로 신뢰할 수 있는 자는 얼마든지 있을 터.

"너는…… 아스모나디아가 뭘 하고 있는지 알고 있나?"

그렇기에 시켄스는 진의를 살폈다.

"아니, 모르겠군."

"지금은, 드래곤 토벌 지휘를 맡고 있다."

"그런가."

그때 페어리가 움직였다.

오크의 귓가에서 소곤소곤 무언가 이야기했다.

무엇을 꾸미는지는 알 수 없지만, 오크와 페어리가 꾸미는 일 따위는 수준이 빤했다.

페어리는 오크보다도 똑똑하지만 데몬이 보기에는 똑같은 수준의 바보니까.

"쓰러뜨릴 방도는 세우고 있나?"

배시의 말은 어떤 의미로 데몬을 모멸하는 것이었다.

물론 그 물음의 대답은 노였다. 그런 것은 없다. 있다면 진즉에 드래곤은 뼈로 변하고, 데몬은 이곳 레스 설원 전체로 판도를 넓혔을 것이다.

"아니. 하지만 녀석의 둥지는 발견했다. 동쪽의 산속이다. 하늘에 있다면 모를까, 땅을 기어 다닐 때라면 승산은 있다."

"그렇군."

"간단히 말하는군."

상대가 다른 오크였다면 시켄스도 짜증을 냈을지도 모른다.

간단히 동의하지 마라, 그렇게 쉽게 갈 상대는 아니라고.

"간단하진 않지만, 전에 한 번 죽인 적이 있다."

"그렇군!"

하지만 눈앞의 오크는 그것을 증명해낸 남자다.

이 세상에서 유일하게 "땅을 기어 다니는 드래곤이라면 죽일 수 있다"라고 호언장담할 수 있는 남자다.

농담 같은 실제 사례를 가진 남자다.

그 실제 사례가 데몬족을 사지로 몰아넣었다고도 할 수 있겠지만, 긍지 높은 데몬이 오크 따위를 흉내 내지도 못하여 구석에 몰렸다고는 입이 찢어져도 말할 수 없었다.

"내 딸은 전례가 있다면 본인도 할 수 있다고, 그렇게 말하며 며칠도 더 전에 젊은 녀석들을 데리고 떠났다."

"그러니까 지금은 드래곤의 둥지에 있다고?"

"그럴지도 모르겠군."

예정으로는 이미 돌아오고 있을 테지만, 돌아오지 않는다.

그리고 해가 지기 전에 정찰 부대장이 전멸을 확인했다고 말했다.

사망을 확인할 수 있었던 것은 출격한 인원수보다 적었다고 그러니까 전원이 죽었다고 단정할 수는 없고, 또한 시체는 판별할 수 없을 정도로 불에 탔다고 한다.

그렇기에 살아있을 가능성은 없지 않았다. 아직 드래곤의 둥지 근처에 잠복하고 있을지도 모른다. 승산이라는 점은 이미 잃었을 테지만……

어리석은 일이라고 시켄스는 생각했다.

상대는 드래곤이다. 흔한 마수와는 다르다. 교활하고 잔인하고, 집념이 깊고, 지혜도 있다.

자신의 둥지를 습격하는 위협을 상대할 방법이 없을 리가 없는 것이다.

설령 몰아붙일 수 있더라도 무언가 비장의 수단을 숨기고 있을 가능성도 있다.

딸에게도, 그녀를 둘러싼 젊은이들에게도 그렇게 말했지만 어차피 그냥 커다란 도마뱀이라며 듣는 시늉도 하지 않았다.

그렇다면 어째서 녀석은 기제 요새로 내려오지 않는 것인가.

그렇다면 어째서 하늘에서 브레스만 쏘는 것인가.

지상에 내려서면 우리에게 이길 수 없기 때문이라고, 그렇게 호언장담하며.

그 결과가 전멸이었다.

"내 딸로는 여겨지지 않을 정도로 어리석은 짓이야. 그런 딸이라도 괜찮다면 소개해주도록 하지. 뭣하면 아내로라도 삼겠는가?"

"윽! 그래도 되겠는가!"

"나는 허락하지. 살아있다면 말이다."

오크의 아내.

그것은 데몬에게 용납할 수 없는 존재였다.

데몬 귀족이 어리석은 오크의 아내가 되어 목줄을 차고 알몸으로 임신한 배를 드러내며 개처럼 끌려 다닌다니, 데몬의 명예와 긍지를 걸고서 절대로 용서할 수 없다.

혹시 그런 일이 있을 바에는 데몬 전군을 이끌고서 오크를 멸망시키러 갈 것이다.

하지만 적의 전력을 오인하여 자신만이 아니라 부하를 승산이 없는 싸움으로 끌어들이고 끝내는 죽게 만드는 것 또한, 총명한 데몬 귀족에게는 있어서는 안 되는 일이다.

'옛날이라면 명예를 우선시했을 테지만……'

그렇다. 전쟁 중이라면 아무리 어리석은 딸이라도 오크에게 넘겨주는 일 따위는 하지 않았다.

하지만 명예는 더없는 영화를 누릴 때에야 가능한 것. 멸망을 다투는 지금의 데몬에게는 소용없는 것이었다.

딸은 『인재』라는, 멸망에 맞서 조금이라도 비축해야만 하는 보물을 허사로 만들었다.

그렇다면 오크의 아내라는 입장으로 전락하는 것은 그 죄에 상응하는 무거운 벌이리라.

뭐, 그 전에 죽음이라는 이름의 가벼운 벌이 내려진 모양이지만.

"지금 당장, 그 산으로 가겠다."

"……진심으로 하는 말인가?"

그 말에 시켄스는 의아하다는 시선을 배시에게 보냈다.

이미 죽었다. 그 정도는 오크로서도 알 수 있을 터.

오크는 바보이지만 전투와 관련된 후각은 의외로 날카롭다.

어느 전장이 이기고 있으며 어디가 지고 있는지를 어찌어찌 판별할 수 있는 자도 많았다.

"당신, 당신…… 소곤소곤……."

그때 페어리가 또 귓속말을 했다.

부자연스러운 동작이었다. 무언가 꾸미고 있는 것은 틀림없었다.

배시는 페어리의 말에 "음" 하며 끄덕이고 시켄스를 똑바로 봤다.

"딸만이 아니라 다른 생존자가 있다면 내 것으로 삼아도 되겠는가?"

"……!"

배시의 눈은 전혀 웃고 있지 않았다.

지독히 현실적이고, 사실대로 말하자면 진심인 눈빛이었다.

시켄스는 몇 번인가 이 눈을 전장에서 본 적이 있었다.

죽음을 각오한 자의 눈이었다. 죽음보다 중요한 것이 있다고, 그렇게 믿는 자의 눈이었다.

시켄스의 뇌리에 설마, 그런 단어가 떠올랐다.

생존자를 내 것으로 삼는다. 토벌대는 여자만이 아니고, 오히려 대부분이 남자다.

그러니까 이 오크는 데몬을 아내로 맞이하는 것보다 다른 일을 위해 찾아왔다는 것이다.

그리고 드래곤 토벌대의 생존자를 모아서 무언가를 하겠다는 것이다.

그것은 무엇인가?

"지금 간다면 너도 싸우게 될 거라고! 드래곤과!"

"그래, 하지만 그를 위해서 왔다."

그를 위해서. 드래곤과 싸우기 위해서?

이런 곳까지?

어째서……?

그렇게 의문만 가득하던 시퀀스는 조금 전의 편지를 떠올렸다.

물에 젖고 번져서 아무것도 읽을 수 없는 편지였지만, 어쩌면 여기에는 그런 취지가 적혀 있었던 것은 아니었을까?

그러니까, 원군이다.

드래곤을 쓰러뜨리기 위해, 나자르가 원군을 보낸 것이다.

하지만 왜 나자르가 그런 일을. 아무런 이익도 없을 터.

……아니, 떠올려라. 정전 이야기를 꺼낸 것은 누구였지? 저 왕자다.

정전협정 자리에서 단 한 번 대화를 나누었지만 태평하고 밝은, 선의의 덩어리 같은 남자였다.

다른 휴먼과 달리, 데몬에게 후세까지 고통을 주겠다는 어두운 의지를 느낄 수 없었다.

그렇다고는 해도 역시나 이익이 있다고는 여겨지지 않았다.

휴먼은 명예보다 이익을 우선하는 종족이다.

"나자르는 왜 이런 일을? 왜 너는 그것을 승낙했지?"

"……? 아니, 내가 꺼낸 이야기다. 나자르는 그것을 도와준 것에 불과하다."

"뭐, 라고……."

나자르는 관계없다.

그렇다면 이 오크는 자신의 의지로, 굳이 이런 곳까지 왔다는 것인가.

나자르의 편지는 고작해야 국경을 넘기 위한 허가증과, 배시를 원군으로 인정받을 수 있는 탄원서 정도일까.

그러나 배시는 왜 드래곤을 쓰러뜨리기 위해, 이런 곳으로 왔는가?

왜 데몬을 도우려고 하는가?

"궁지에 빠진 우리를 보다 못해서 구해주겠다는 말이라도 하는 것인가? 오크가, 데몬을?"

"……그렇다면 데몬도 조금은 오크를 다시 보지 않겠나?"

데몬이 자신들을 다시 보게 만들기 위해서 하겠다?

말도 안 된다……고 웃어넘길 수 없는 것은, 이 남자가 『오크 히어로』라 불리는 존재이기 때문이다.

이 녀석은 그랬다.

전장에서, 어떠한 곳이라도 구하러 나타나고, 열세였던 전황을 뒤집어주었다.

시켄스도 당시에는 오크 따위라 생각하여 인정하지 않았지만,

알고 있었다.

이 녀석 덕분에 레미엄 고지에서도 도움을 받았다. 드래곤을 쓰러뜨리고 용사 레토를 쓰러뜨린 덕분에, 일곱 종족 연합은 전력이 남은 상태로 철수할 수 있었다.

그 후의 활약 역시도 전체적으로 보면 데몬에게 플러스였다.

서큐버스를 구한 일도 그랬다. 서큐버스가 멸망한다면 엘프의 전력은 데몬에게 집중되었을 것이다. 그렇게 된다면 데몬은 틀림없이 정전의 그 날까지 계속 싸울 수는 없었다.

배시 덕분인 것이다.

그러니까 시켄스는 배시에게 경의를 표하고 있었다.

애당초 이 녀석은『오크 히어로』다.

『오크 히어로』는 오랫동안 탄생하지 않았다.

그 이름에 걸맞은 전사가 없어서 그랬다고 들었지만, 오크는 바보다.

평소에는 긍지니 명예니 그런 소리를 늘어놓지만, 전투 중에 여자를 발견한다면 앞뒤 가리지 않고 근처 수풀로 끌고 갈 법한 하등 생물이다.

강한 자에게 알랑거리지만 마음속으로는 자신이 더 강하다고 생각할 비열한 종족이다.

그런 바보 같은 녀석들이 배시를 인정한 것이다.

자신들의 정점,『오크 히어로』라는 것을.

배시가 그 칭호에 걸맞은 전사라는 것을.

그렇다면 이제는 논리를 따질 때가 아니다.

이 남자는 오크의 명예를 위해, 스스로를 버리고서 움직일 수 있는 남자라는 것이다.

데몬이 오크를 다시 보도록 만들기 위해, 그런 이유에 이만한 신빙성이 있을까.

"하나만 묻고 싶다. 왜 너는, 그렇게나 위험을 무릅쓰지?"

"그건 당연하다."

배시는 시켄스에게서 등을 돌리며, 한쪽 눈만 이쪽으로 향하고서 말했다.

"데몬 여자를 아내로 삼고 싶으니까."

그 농담에 시켄스는 소리 내어 웃었다.

마음속 깊은 곳에서 우러나오는 이 웃음은, 게디구즈가 태어났을 때 이후로 처음이었다.

4. 드래곤의 둥지로

레미엄 고지.

그곳은 바스토니아 대륙 중앙부에 위치한 드워프의 영토이자 휴먼과 엘프의 나라와 인접한 장소. 수직으로 우뚝 솟은 테이블 마운틴이 점점이 다수 존재하고, 양질의 광석을 캘 수 있는 것이 특징이다.

드워프는 이곳에서 항구적으로 광석을 채취하여 전선으로 양질의 무기와 방어구를 계속 공급했다.

이곳을 일곱 종족 연합이 빼앗는다면 휴먼과 엘프는 분단되고 드워프 본대의 광석 공급량도 줄어든다. 보급이 끊어지고 고립되는 부대도 다수 나올 것이다.

요충지다.

그렇기에 네 종족 동맹도 필사적으로 지키려 했고, 데몬 왕 게디구즈도 이곳을 결전의 땅으로 선택했다.

오크군이 전개한 것은 일곱 종족 연합의 중앙 전방이었다.

그러니까 최전선. 양군이 가장 격렬하게 맞부딪칠 것이 예상되는 격전지였다.

데몬 왕 게디구즈는 오크를 잘 이해하고 있었다.

전장에서 여자를 쓰러뜨리면 그 자리에서 범하기 시작해 버린다는 것.

다만 온갖 전장에서 무척 용감하다는 것.

적이 아무리 다수더라도, 혹은 아군이 아무리 죽더라도 개의치 않고 돌격할 수 있을 정도로 바보라는 것. 모든 종족 가운데 가장 수가 많았다는 것.

소모하더라도 딱히 피해가 없는 존재이지만, 거기에 페어리와 팀을 짠다면 더욱 오래 버티기도 한다. 페어리와 팀을 짜는 것을 꺼리는 종족은 많지만 오크는 예외였다.

오크는 최적의 장소에 배치되었다.

그렇다고는 해도 당시, 오크 이외의 종족은 의문을 품고 있었다.

"이만큼 중요한 전투에서, 왜 오크에게 가장 중요한 장소를 맡기는가?"

"평소처럼 오거를 전면에 내세우는 편이 낫지 않은가?"

"그러는 것이 오거의 면목도 설 테고, 전과도 커지지 않을까."

"이제까지 계속 그랬다. 봐라, 오거도 분노했다고."

게디구즈는 대답했다. "전투가 시작되고 한 시간만 있으면 알 수 있다"라고.

게디구즈에게 신뢰를 품지 않는 사람은 없었지만 그 말에는 다들 회의적이었다.

개전으로부터 한 시간 뒤, 각 종족이 뒤섞여서 난전 상황으로 접어들기 시작했을 무렵, 오크 군대가 휴먼을 밀어붙이기 시작했다. 휴먼이 아무리 강인하더라도 당시의 전력 차이를 생각한다면 그렇게 이상한 일은 아니었다.

오크들도 휴먼군 안쪽에 보이는 왕가의 문장을 보고, 내가 공주를 범하겠다며 사타구니를 잔뜩 부풀리고서 돌격했다.

그 기세는 굉장해서 휴먼을 완전히 밀어붙이는 것도 시간문제로 여겨졌다.

하지만 당시의 오거들은 영 재미가 없었다.

오크가 할 수 있는 일이라면 오거도 할 수 있었을 터.

오히려 오거라면 한 시간은커녕 절반…… 아니, 약한 휴먼 군대 따위는 첫 격돌로 박살냈을 터라고.

오거만이 아니었다. 오크 이외의 종족도 그렇게 생각했다.

바로 그때였다.

드래곤이 나타났다.

지옥이 시작되었다.

불과 몇 분 만에 오크 절반이 재로 변했다. 운 좋게 브레스를 회피한 오크도 불에 휩싸여서 도망칠 곳 따위는 어디에도 없고, 휴먼의 마법이 잇따라 날아왔다.

그야말로 아비규환의 지옥이 눈앞에 전개된 것이었다.

그런 지옥을 앞에 두고 간부들은 저도 모르게 게디구즈 쪽을 봤다.

그는 안색 하나 변하지 않았다.

이 전개를 예상했던 것이다.

그렇기에 드래곤이 공중에서 수차례 브레스를 퍼붓고 수백의 오크를 재로 만들자마자, 데몬군에 움직임이 있었다.

데몬군 상공에 거대한 마법진이 떠오르고 무수한 마법의 창이 발사되었다.

휴먼의 요새나 엘프의 마법 방벽을 무너뜨릴 때에 사용할 법한, 지극히 강격한 공성전용의 커다란 창이 수십 발. 그것들은 유도 장치라도 달린 것처럼 드래곤에게 착탄, 그 거구를 지표면으로 떨어뜨렸다.

이리하여 드래곤은 땅에 떨어졌다.

오크만이 아니라 오거나 다른 종족이 북적대는, 일곱 종족 연합의 진지 한가운데로.

그리고 후방 부대로 오거 군대가 그 거구로 뛰어들었다.

간부들은 게디구즈를 칭송했다.

역시 게디구즈 님이시다. 이를 위해서 오크를 미끼로 삼으셨군요! 라고.

하지만 그때부터가 진정한 지옥의 시작이었다.

땅에 떨어진 드래곤은 반광란 상태가 되어서 날뛰었다. 날개를 잃고 도망칠 수 없음을 깨달았는지, 필사적으로 발버둥 쳤다.

그리고 그런 드래곤에게 일곱 종족 연합의 종족들은 누구 하나 대적하지 못했다.

오거는 물론 전장에 남아 있던 오크도, 원군으로 달려온 서큐버스나 리저드맨, 하피도 누구 하나 드래곤의 비늘에 상처 하나 내지 못하고 무참하게 찢겨나갔다.

게디구즈가 그 상황을 상정했는지, 혹은 그렇지 않았는지는 알 수 없다.

전선에 있던 이들은 모르지만 같은 시각에 데몬 본진의 정찰 부대가 강습을 당하고 있었다.

통신은 차단되고 지휘 계통이 일시적으로 마비된 것이었다.

나자르 일행 부대의 작전 성공률을 높이기 위해서 진행된 비스트의 파괴 공작이었다. 그리고 그 후, 게디구즈가 나자르 일행에게 습격을 당하게 되지만 그것은 제쳐두자.

그러는 와중에, 드래곤은 휴먼 진지로 향하기 시작했다. 자신이 사지를 벗어날 가능성이 생겨난 것을 탐지하고 도망치려던 것이다.

전선에서 싸우는 이들은 그것을 보고 모두가 초조함을 느꼈다.

휴먼 본진에 도달해 버린다면 날개가 회복 마법으로 치유되고 또다시 습격할 것이다.

다시 날아오른다면 이번에는 틀림없이 떨어지지 않는다.

그뿐만 아니라 데몬 본진을 강습해서 완벽할 정도로 박살낼 것이다.

그러니까 저지해야만 한다.

하지만 아무도 드래곤을 막을 수는 없었다. 데몬의, 오거의, 서큐버스의 이름난 전사가 도전하고 맥없이 죽었다.

어떻게 하면 좋은가, 게디구즈 님은 무슨 생각인가.

전선을 지휘하던 이들이 그렇게 생각하고 당황하기 시작했을 무렵…….

드래곤 앞에 한 전사가 섰다.

그것은 그린 오크 하나였다.

아마도 불바다가 된 전장에 있다가 연기에 가로막혀 상황을 알지 못했을 것이다.

틀림없이 그대로 눈앞의 드래곤에게 먹히거나 브레스에 재가 된다.

이곳에 있는 전사들에게 똑같이 찾아오는 죽음의 순간이 그에게도 찾아온다.

모두가 그렇게 생각했다.

그리고 그들은 믿을 수 없는 것을 목격하게 되었다.

■

현재 배시는 산에서 빙벽에 달라붙어 있었다.

배시는 그 산의 이름을 모른다.

다만 일찍이 소문으로, 북쪽 끝에 높은 산이 있다는 이야기를 들은 적이 있었다.

그리고 그 산에는 드래곤이 산다고도.

그러니까 틀림없이 자신이 오르는 것은 그 산이리라 생각했다.

실제로 그런 관계는 딱히 아무래도 상관없었다.

이 산에 드래곤의 둥지가 있다는 정보는 시켄스로부터 얻었다.

그리고 배시 일행은 둥지에 용건이 있었다. 구체적으로 말하면 그 둥지에 공격을 가한 부대의 생존자한테 있지만.

"세 사람 정도는 살아남아 있으면 좋겠네요!"

"그렇군!"

주위는 맹렬한 눈보라.

아무것도 보이지 않고 끊임없이 얼음덩어리가 두들겨댔다.

젤조차 밖을 날아다니지 않고 배시의 품속에 숨어 있을 정도였다. 어쩌면 그저 추운 것뿐일지도 모르지만.

아래쪽은 보이지 않지만 떨어지기 시작한다면 순식간에 곤두박질일 것이다.

젤도 있으니까 배시라면 아마도 죽지는 않겠지만 틀림없이 무척 아프다.

배시는 매끈매끈한 빙벽에 손가락을 박아서 쑥쑥 올라갔다.

기온이 낮은 탓인지 빙벽이 깨지거나 하지도 않았다.

순조로운 등산이라 할 수 있을 것이다.

"그건 그렇고, 그렇게나 좋은 대답을 받을 수 있을 줄은 생각도 안 했는데 말이죠!"

"그래!"

시켄스와의 만남은 완벽했다.

처음에 시켄스는 데몬답게 이쪽으로 수상쩍다는 시선을 향했지만 나자르의 편지를 본 순간에 태도가 돌변, 순식간에 딸을 주겠다고 말해주었다.

그뿐만 아니라 딸 휘하에 있는 데몬 여자를 받아도 된다는 말까지 해주었다.

"딸을 원한다면 드래곤을 쓰러뜨리고 와라! 그 정도는 말하지 않을까 싶었는데요!"

"둥지를 알고 있다면 그래도 상관없다."

"역시 당신, 그렇게 나와야죠! 난 레미엄 고지에서는 당신의 활약을 못 봤으니까요! 이것 참, 보고 싶었다고요! 당신이 드래곤을 찢어발겨서는 던지고, 찢어발겨서는 던지는 모습! 어차피 당신이니까 일격으로 파박— 끝내버렸을 테지만!"

"아니…… 그건 사투였다. 죽어도 이상하진 않았지. 어쨌든 드래곤이 나타나자마자 나는 기절했으니까."

배시는 자기 이야기를 하는 일이 거의 없다.

오크가 자랑을 늘어놓을 때는, 예전에 범한 여자 이야기를 디저트로 꺼내야만 하니까.

싸움 이야기가 50점. 여자를 범하는 이야기가 50점. 양쪽 합쳐서 100점 만점.

그런 배점인 것이다. 오크의 자랑이라는 것은.

배시의 이야기로는 아무리 노력해봐야 50점밖에 못 받는다.

하지만 이 드래곤과의 싸움에 대해서는 이야기가 달랐다.

오크가 드래곤에게 맞서서 그것을 쓰러뜨렸다.

드래곤 슬레이어의 이야기다.

오크라고 해도 그 이야기의 배점은 너무나도 커서, 여자 부분이 완전히 빠지더라도 100점을 딸 수 있을 정도다.

여하튼 바스토니아 대륙 역사상, 드래곤을 쓰러뜨린 사람은 한 손으로 셀 수 있을 정도밖에 없으니까.

그 한 손으로 셀 수 있는 영웅들도 반 이상은 전래동화다.

나머지 절반조차 정말로 있었던 이야기인지 판별하기 힘들었다.

다만 드래곤은 실존하고, 전장에는 드래곤의 뼈로 만든 무기를 가진 전사가 있었다. 그러니까 다들 의심하는 눈빛을 보내면서도 마음속으로는 믿고 있던 것이다.

드래곤을 쓰러뜨릴 수 있는 전사는 존재한다고.

그리고, 그것이 이루어졌다.

전설이다.

그러니까 각별한 것이다.

"기, 기절시켰나요?! 당신을, 어떻게?!"

"자세히 이야기해줘도 되겠지만, 여긴 좀 춥군."

"그러네요! 가능하다면 조금 더 따듯한 곳에서, 술이라도 마시면서 듣고 싶네요! 아, 그렇지, 좋은 생각이 떠올랐어요! 이제부터 만나는 데몬 여자한테 그 이야기를 들려주는 거예요! 데몬 여자는 지금 그야말로 드래곤의 위협으로 곤란해하고 있으니까요! 당신이 드래곤을 쓰러뜨린 이야기를 들려준다면 단번에 포로가 될 거예요!"

"그렇다면 드래곤을 퇴치하는 것도 괜찮겠군."

"오, 새로운 전설의 개막인가요!"

이미 시켄스로부터 허가는 받았다.

데몬은 상하관계가 엄격한 종족이다. 상위 데몬 귀족이 명령한다면 오크의 아내든 뭐든 되어줄 것이다. 오크가 오크 킹의 명령에는 절대복종하듯이.

하지만 주의에 주의를 거듭하고 싶은 것도 사실이었다.

시켄스는 자신의 딸 하나와 토벌대의 여자를 자기 것으로 삼아도 된다고 했지만, 이미 전멸했을 가능성도 있다.

이럴 때, 최소한이라도 한둘은 지저분하게라도 살아남는 녀석이 있는 법이지만 그것도 절대적이지는 않다.

여하튼 상대는 드래곤이니까.

그렇다면 이제까지와 같은 방법도 동시에 진행해두고 싶었다.

그러니까『반하게 만들어서 아내로 삼는다』라는 기존 그대로의 방법이다.

그 방법이 더 명확하게 편했다.

드래곤을 토벌한다. 그것을 여자에게 이야기한다. 참으로 알기 쉽다.

오히려 드래곤 토벌조차 못 한다면 데몬 여자에게 구애해서 함락시키는 것은 포기하는 편이 낫다고 해도 과언이 아닐 것이다.

배시에게 데몬 여자는 드래곤보다도 강적인 것이다.

"음."

그렇게 생각하며 배시는 구멍을 발견했다.

빙벽 도중에 한 사람이 지나갈 수 있을 정도의 구멍이 뻐끔 뚫려 있었다.

무척 부자연스러운 구멍이었다. 인위적인 것임에 틀림없었다.

"이곳인가……."

이 구멍은 데몬 토벌대가 만든, 드래곤의 둥지로 향하는 직통로였다.

토벌대는 이곳으로 침입해서 드래곤의 둥지로 공격을 가할 계획이었다고 들었다.

그를 바탕으로 생각하기에, 배시가 요새로 가는 도중에 발견한 무리는 이곳으로 침입, 도중에 드래곤과 조우하여 전투에 들어갔지만 대적하지 못하고 철수.

그리고 쫓기다가 공중에서 발사한 브레스를 맞고 죽었을 것이다.

"……있군."

구멍 안에서는 몹시 뜨뜻한 공기가 흘러나오고 있었다.

조금 더 말하면 구멍 안에서 무언가 강력하고 큰 생명의 기척이 느껴지는 것 같았다.

그것 말고는 아무런 기척도 없었다. 동물은커녕 마수조차 없을 것이다.

무언가 강력한 생물이 둥지를 만든 증거였다.

이른바 주인의 영역이었다.

그리고 이런 곳에 영역을 만드는 주인이라면 한 마리밖에 없다.

"갈까."

"그래요!"

배시는 구멍으로 침입했다.

구멍의 크기는 배시가 충분히 걸을 수 있을 정도였지만 지면도 바닥도 몹시 매끈매끈해서 걷기 힘들었다. 배시가 미끄러질 일은 없지만 혹시 휴먼이나 데몬이라면, 한 번 정도는 미끄러졌을지도 모른다.

"사람 하나가 지나갈 수 있을 정도의 구멍이라고는 들었지만, 당신이 걸리지도 않는다니 몹시 큰 구멍이네요."

"그렇……군……."

배시는 그렇게 대답하면서도 그러나 이미 좋지 않은 예감을 느끼고 있었다.

몹시 매끈매끈해서 표면이 빛을 반사하여 반짝반짝 빛나고 있었다.

이런 바닥은 전에 본 적이 있었다.

딱 한 번. 그렇다, 그야말로 딱 한 번.

"……."

그것을 떠올린 순간 배시의 긴장감이 확 높아졌다.

걸어가며 등 뒤의 검에 손을 댔다.

차가운 칼자루를 붙잡고 배 속 깊이 힘을 실었다.

젤도 그런 기척을 느꼈는지 입을 다물었다.

아니, 이 페어리도 깨달은 것이었다. 조금 전부터 바람소리처럼 들리는 이 소리…… 아무데로 절친 정령의 배꼽시계와는 차원이 다른 것 같다고.

목표로 하는 상대와 가까워지고 있다.

그러니까 배시 옆에서 떨어지지 않고 조용히 광원으로서의 역할에만 집중했다.

그렇게 경계하고 있었기 때문이리라.

갑자기 전방에 거대한 노란색 눈이 출현했을 때에 대처할 수 있었던 것은.

"!"

그것과 눈이 마주쳤다.

들켰다.

그것을 이해한 순간, 배시는 검을 뽑자마자 휘둘렀다.

왼쪽 벽을 부수고 생긴 틈으로 자신의 몸을 밀어 넣으며, 비어져 나온 몸을 가리듯이 검을 땅바닥에 박았다.

숨기 직전에 흘끗 봤을 때, 통로 안쪽의 노란색 눈을 사라진 뒤였다.

배시는 크게 숨을 들이마시고, 젤을 품속에 감추며 웅크렸다.

시야가 새하얗게 물들었다.

마그마 안으로 몸이 떨어진 것 같은 열기를 느끼며 배시는 숨을 멈춘 채, 천천히 숫자를 셌다.

'1, 2, 3, 4, 5, 6, 7, 8, 9, 10, 11, 12…….'

13까지 센 참에 배시는 검을 지면에서 뽑고 걸어 나갔다.

동굴은 조금 전보다도 한층 더 커져 있었지만, 벽과 지면은 끈적끈적하게 녹아서 달리기 힘들었다.

검은 새빨갛게 뜨겁고, 붙잡은 손의 가죽이 취익 소리를 냈다.

발바닥에서도 같은 소리가 들리고 찌를 것 같은 통증이 덮쳐들었다.

옷은 곧 불타오르며 재가 되어 떨어졌다.

온몸의 화상으로 격통이 느껴져도 멈추지 않고, 숨도 쉬지 않고 질주했다.

배시는, 여기서는 숨을 쉴 수 없다는 것을 알고 있었다.

산소라는 개념을 모를지라도, 지금 여기서 숨을 쉬어봤자 의미가 없음을 알고 있었다.

전에 한 번, 그것 때문에 십여 분 정도 쓰러진 적이 있으니까.

그리고 그 자리에 엎드려 있다가는 죽는다는 것 또한 알고 있었다.

'1, 2, 3, 4, 5, 6, 7, 8……'

달리면서 다시 한번 숫자를 셌다.

그리고 그것이 9에 다다랐을 때, 길 안쪽에서 또 한 번, 저 노란색 눈이 보였다.

배시는 간발의 차도 없이 검을 내질렀다.

"그아아아아아아아아!"

엄청난 포효가 터졌다.

배시는 그 소리를 들으며 눈이 있던 장소로 굴러 나왔다.

그곳은 공동이었다.

천장은 높아서 배시가 있는 힘껏 뛰어오르더라도 머리를 부딪칠 일은 없을 것이다.

그뿐만 아니라 더욱 커다란 생물이 여유롭게 살 수 있을 정도의 높이와 넓이가 있었다.

그렇다, 예를 들자면 거대한 도마뱀.

붉은 비늘을 가진 드래곤이다.

그 녀석은 배시의 일격으로 한쪽 눈이 뭉개져서 피를 흘리고 있었다.

하지만 전의는 전혀 시들지 않았다. 남은 눈으로 배시를 노려보며 천장을 향해 울부짖었다.

"갸아오오오오오아아아아아!"

동시에 배시 역시도 배 속 깊이 숨을 들이마셨다.

천적을 앞에 두고 끓어오르는 떨림을 지우듯이. 오크는 누구도 두려워하지 않는 용감한 전사라고 말하듯이.

외쳤다.

"그라아아아아아아아아아아오오오오오!"

워크라이. 커다란 목소리가 동굴을 떨리게 만들었다.

싸움이 시작되었다.

5. 영웅 VS 드래곤

젤은 언제나 역사적인 순간을 보았다.

그야말로 젤이 보았던 모든 광경이야말로 역사 그 자체라고 해도 과언이 아니지만, 어느 것이든 지금만큼 역사에 남을 일은 아니었다.

지금 눈앞에 펼쳐지는 것은, 정말로 역사에 남는다.

전설이 된다.

배시가 싸우는 모습을 볼 때마다 그렇게 생각하지만, 오늘은 더욱 강하게, 그렇게 생각했다.

『오크 히어로』.

『드래곤』.

이 대륙에서 최강의 두 마리가 상대하는 모습을, 젤은 조금 떨어진 곳에서 보고 있었다.

"갸아아아아아아아오오오오오오오아아아아아아아아아!"

"그라아아아아아아아오오오오오!"

소리의 크기로 따지자면 드래곤이 살짝 웃돌까.

하지만 드래곤 쪽은 눈앞의 작은 생물이 터뜨린 큰소리에 어쩐지 놀란 것처럼도 보였다.

그럴 것이다, 이제까지는 자신이 소리를 내지르면 상대는 겁먹고 이리저리 도망칠 뿐이었을 테니까.

설마 노성이 돌아오는 상대가 있을 줄은, 그야말로 생각하지 않았을 것이다.

그렇지만 그것으로 드래곤의 행동이 변한 것은 아니었다.

상대가 자신보다 큰 소리를 냈으니까, 뭐가 어쨌다고?

눈앞의 작은 생물은 브레스를 뿜으면 재가 되고, 발톱을 휘두르면 사지가 찢겨나가서 죽는다!

물어뜯으면 순식간에 산산조각이 나서 공복을 채울 수 있다!

눈앞에 있는 것은, 그런 존재와 다르지 않을 텐데!

드래곤은 틀림없이 그렇게 생각했을 것이다.

그러니까 낮은 자세에서 단숨에 똑바로 돌진, 두꺼운 오른팔을 옆으로 휘둘러서 배시를 후려친 것이었다. 참으로 경계심 없이. 참으로 아무렇게나. 항상 이렇게 한다고 그러듯이.

그렇지만 엄청난 속도였다.

올려다볼 정도의 거구가 슥 가라앉는가 싶더니 고양이처럼 한 발로 뛰어 앞으로 이동했다.

그 거구가 얼마나 빠른 속도로 움직이는지를, 모든 사람은 상상할 수 없다.

상상력 풍부한 요정일지라도.

젤은 드래곤이 움직인 순간 "히익" 하고 목구멍 안쪽에서 목소리를 흘리고, 도망치지도 못하고 그저 몸이 굳어졌을 뿐이었다.

드래곤 정도의 거구와 그런 속도로 부딪친다면 하찮은 인간의 운명 따위는 정해져 있다.

손쓸 도리도 없이 으스러질 것이다. 데몬이든 오거든, 관계없이.

그만큼 빠르고, 무겁고, 날카로운 것이다.

하지만 젤은 알고 있었다.

드래곤이 상대하고 있는 것은 평범한 인간이 아님을.

까아아아앙!

금속음이 울렸다.

마치 딱딱한 포탄이라도 맞받아친 것 같이 기분 좋은 소리였다.

경도 높은 금속끼리 맞부딪치고, 그리고 어느 쪽이 부서졌을 때 울리는 소리였다.

드래곤이 휘청거렸다.

후려쳤을 터인 오른팔이 지면을 미끄러졌다. 흙먼지를 올리며 상체가 흘러가고, 팔꿈치부터 땅에 닿아서는 굴러갔다.

"……?!"

드래곤은 바로 자세를 바로잡지는 못했다.

한 바퀴 굴러서 팔꿈치를 짚은 것 같은 자세 그대로, 눈만으로 자신의 손을 봤다.

드워프 강철보다 아득히 높은 경도를 가졌다고 일컬어지는 발톱이, 깨져 있었다.

"……으읏?!"

경악한 표정이었다.

드래곤의 표정이야 리저드맨 이상으로 알 수가 없지만, 그럼에도 젤로서는 알 수 있었다.

드래곤의 시선 앞에는 아무도 없었다. 이미 배시는 측면으로 돌아 들어갔다.

조금 전에 뭉갠 눈—— 사각 쪽에서 목덜미로.

배시 혼신의 일격이 드래곤의 목에 박혔다.

쨍그랑으로도 깡으로도 들리는 거슬리는 소리는, 배시의 싸움에서 그다지 익숙하지 않은 소리…… 검이 무언가 딱딱한 것에 막혀서 제대로 칼날이 박히지 않았을 때의 소리였다.

"기익……!"

배시의 일격은 틀림없이 제대로 박혔다.

이제껏 온갖 것들을 둘로 쪼갠, 필살의 일격이었다.

하지만 드래곤의 목을 쪼개는 수준에는 미치지 못했다.

그러기는커녕 비늘을 날리고 목에 얕은 상처를 냈을 뿐이었다.

"뭐라고?!"

그 사실에 젤은 전율했다.

저 배시의 일격이, 통하지 않는다.

있을 수 없다. 바위도 쪼개는 일격이다. 그것을 견디는 생물이라니, 그런 것을 대체 어떻게 쓰러뜨리라는 것인가.

"기이이에에에에아아아아아아아아!"

드래곤의 포효가 울려 퍼졌다.

어쩌면 태어나자마자 단단한 비늘로 뒤덮이고 그대로 오랜 세월을 산 드래곤에게, 태어나서 처음으로 느낀 아픔이었을지도 모른다.

흩뿌려지는 선혈에 눈을 부릅뜨고 노성을 터뜨렸다.

드래곤의 움직임이 빨라졌다.

브레스를 마구 뿌리고, 깨진 발톱을 휘두르고, 이빨을 따닥따닥 깨물고, 작은 것을 으스러뜨리고자 거구를 때려 박았다.

거구의 움직임이 바람을 만들어내서 동굴 안에 폭풍이 휘몰아쳤다.

젤은 날려가지 않도록 필사적으로 바위에 매달리며 전투를 지켜봤다.

반광란이라고도 할 수 있을 드래곤의 폭주. 얼핏 보면 그저 마구잡이로 날뛰는 것에 불과하지만 젤은 알 수 있었다. 드래곤의 움직임은 마구잡이가 아니라 무척 정확하게 배시를 노리고 있다는 것을. 본능에 따라 해내는 것인지, 혹은 반광란 상태인 것처럼 보이지만 의외로 냉정한 것인지……

반면에 배시는 그저 신중했다.

발톱이 날아들면 맞받아치고, 브레스는 회피하고, 이빨은 검으로 부수고, 거구가 그대로 돌진하면 관절 따위를 노려서 검으로 공격했다. 그때마다 드래곤의 비늘은 튕겨나가고, 상처입고, 포효를 내질렀다.

압도적인 차이가 있었다.

드래곤과 오크.

그곳에는 생물로서, 생쥐와 코끼리 정도의 압도적이 차이가 있다.

인간 중에서도 특히 괴물로 여겨지는 배시의 일격조차 드래곤에게 얕은 상처밖에 내지 못하는 것이었다.

그리고 틀림없이 드래곤의 일격은 배시조차 죽음에 이르도록

만들 것이다.

　인간은 드래곤에게 이길 수 없다고 본능이 호소했다.

　하지만 그것을 아랑곳하지 않을 만큼 기술에 압도적인 차이가 있었다.

　배시는 드래곤의 공격을 모두 받아넘기고 있었다.

　온몸에 큰 화상을 입고서도, 일격이라도 맞는다면 죽는 공격을 모두 회피하고 있었다.

　그렇다. 이것이 정말로 현실인지 의심하고 싶어질 만큼, 배시는 드래곤을 압도하며 몇 번이나 참격을 가하고 있었다.

　그리고 그런 배시의 노림수는 명확했다.

　목이다.

　처음 일격으로 찢기고 지금도 피가 흐르는 목.

　저곳에 다시 한번 일격을 가하고자 배시는 공방 가운데 기회를 엿보고 있었다.

　목의 비늘은 이미 부수었다.

　배시 혼신의 일격을 다시 한번 가한다면 다음은 살점을 찢고, 혈관을 찢고, 어쩌면 뼈마저도 부술 것이다.

　『용단두』.

　배시가 이전에 드래곤을 쓰러뜨렸을 때의 재현이 바야흐로 지금 펼쳐지려 하고 있었다.

　하지만 아직 승부는 나지 않았다.

　드래곤도 깨달았을 것이다.

　목에 당한 일격을 또 한 번 당한다면 치명상이 된다고.

그렇기에 계속 목을 지키고 있었다.

드래곤은 배시의 전투 방식 따위는 모를 터.

그런데도 배시의 노림수를 탐지하고서 적절한 행동을 취하고 있었다.

틀림없이 본능일 것이다. 역시 드래곤이라는 생물은 강인하고 강력했다. 선천적으로 싸우는 것에 특화된 생물이었다.

다른 생물이라면 진즉에 승부는 났을 터.

하지만 그것도 오래 이어지지는 않는다.

드래곤은 한 번의 공방마다 전력이 깎여나간다. 아름다웠던 비늘은 떨어지고, 온몸에서 흐르는 피로 전신이 얼룩무늬였다. 이미 브레스도 뿜을 수가 없는지 혀를 축 늘어뜨리고서 씨익씨익 거친 숨을 몰아쉬고 있었다.

반면에 배시는 어깨를 들썩이고는 있지만 아직 여력이 있었다.

"……."

드래곤과 배시가 단 몇 초, 멈췄다.

그 몇 초, 한 사람과 한 마리는 마주 봤다.

젤은 알 수 있었다.

결판의 때가 왔다.

하지만 동시에 일말의 불안감도 스쳤다.

드래곤은 생물로서 격이 다른 존재다. 무언가 비장의 수단이 남아 있더라도 이상하지는 않다.

배시가 아무리 전사로서 격이 다르다고 해도, 그 비장의 수단을 처음 보고서 회피할 수 있다고 확신할 수는 없다.

젤은 기도했다.

부디, 부디 앞선 싸움에서 배시가 그 비장의 수단을 이미 보았기를.

레미엄 고지 전투에서 드래곤이 최후에 결정적인 공격을 펼쳤다든지 그런 이야기를 들은 적은 없었지만, 그럼에도 부디 배시만이 아는 무언가를 알고 있어 달라고.

양쪽이 움직이기 시작했다.

드래곤의 상체가 왼쪽으로 흘렀다.

반면에 배시는 사각인 오른쪽으로 이동을 시작했다.

어디까지나 브레스를 회피할 수 있는 거리를 유지하며, 드래곤의 공격에 카운터를 맞추고자 몸에 힘을 끌어올렸다.

사납게 이빨을 드러내고 온몸에서 수증기를 올리며 노려보는 모습은 기백으로 가득했다.

역전의 오크 전사일지라도 소변을 지리며 목숨을 구걸할 것이다.

젤은 그것을 보고 확신했다. 배시가 이긴다고.

다음 일격으로 드래곤의 목을 베어낸다고.

그리고 아마도 드래곤 자신도 그것을 이해하고 있었다.

그렇기에 드래곤은 상체를 돌려 잔뜩 힘을 모으고——.

"?"

그대로 땅울림을 일으키며 안쪽으로 달려갔다.

"……어?"

도망쳤어? 드래곤이?

저, 대륙 최강의 생물이?

아, 하지만 그런가.

"……드래곤도 생물이네요."

젤의 태평한 말에 배시는 노성을 내질렀다.

"놓치지 마라! 쫓아라!"

"아! 아, 알겠어요!"

배시치고는 드물게도 절박한 목소리에, 그렇다며 젤은 떠올렸다.

배시가 그러지 않았던가.

"하늘을 난다면 이길 수 없다"라고.

드래곤이 배시에게 이기기 위한 수단이라면, 그것이다.

도망쳐서 하늘로 날아올라 안전한 장소에서 습격한다.

그렇다, 드래곤을 여기서 놓친다면 다음은 이쪽이 사냥을 당하는 쪽이 된다.

드래곤의 둥지에서 도망치고, 기제 요새까지 다다르지 못하고 전멸했던 저 데몬 부대처럼.

모습을 감추지도 못하는 설원에서 쫓기며 위에서 브레스가 쏟아진다면, 아무리 『오크 히어로』라고 해도 승산은 없는 것이다.

배시가 압도하고 있었으니까, 상대가 도망쳤으니까.

그러니까 이겼다고 그만 착각했지만, 그렇지 않았다.

지금이 그야말로 분수령. 가장 중요한 순간인 것이었다. 완전히 처리하지 못한다면 지는 것이다.

"우오오오오오!"

젤은 날았다. 마치 매처럼.

"……."

그러나 젤이 본 것은 뻐끔이 뚫린 구멍.

맹렬하게 눈보라가 휘몰아치는 산과, 밖으로 이어지는 드래곤의 발자국과 핏자국뿐이었다.

젤의 핏기가 싹 가셨다.

위험해, 완전히 도망쳤다고.

하지만 그때 깨달았다. 발자국과 핏자국은 희미하지만 눈보라가 몰아치는 설산으로 이어지고 있었다.

아무래도 굴러떨어지며 도망친 듯했다.

젤이나, 혹은 젤이 아닌 누구라도 알아차린다는 이야기가 아니라면 알아차리지 못했을, 흔적이다!

"당신, 날아가진 않았어요! 아래예요! 아래로 도망쳤어요!"

"알았다!"

배시가 쫓아왔다. 젤은 그의 어깨를 붙잡고 함께 밖으로 튀어나갔다.

눈보라가 온몸을 두들겼다. 찌르는 것 같은 냉기에 머리가 찡, 아팠다.

하지만 배시는 멈추지 않았다. 희미하게 남은 발자국을 놓치지 않고 추적했다.

젤은 알고 있었다.

이럴 때의 배시는 사냥감을 놓치지 않는다. 정확하게 말하면 놓친 적은 있지만 드문 사례다. 휴스턴 정도일 것이다. 아니라면 『오크 히어로』라고 불리겠는가.

마무리가 약한 남자가 아닌 것이다.

배시는 경사면을 미끄러지듯이 내려갔다.

떨어지는 것 같은 속도. 한순간이라도 발을 잘못 디딘다면 순식간에 실족하고 말 것이다.

하지만 이런 눈보라. 주저하다가는 발자국도 핏자국도 한순간에 눈보라로 사라지고 만다.

어차피 죽는다면, 죽지 않을 가능성에 거는 것은 당연한 일이다.

"……음."

어느 장소에서 드래곤의 발자국이 갑자기 사라졌다.

동시에 어떤 것을 발견했다.

"……동굴인가요?"

그것은 조금 전의 동굴과는 다른 동굴이었다.

아니, 자연적으로 생긴 동굴이라기보다 사람의 손으로 만들어진 건축물처럼 보였다.

얼음덩어리가 된 돌기둥 잔해가 있고, 자세히 보면 내부도 돌로 포장되어 있었다.

이른바 유적이라는 녀석이었다.

다만 배시 일행에게는 아무래도 상관없는 일이었다. 문제는 그다지 크지도 않은 입구에 드래곤이 들어갈 수 있을 만큼의 여유가 있다는 사실이었다.

"여기로 도망쳤나?"

어쩌면 그대로 절벽을 굴러 떨어졌을 가능성도 있다.

여기까지는 날지 않았지만, 여기서부터 활공해서 도망쳤을 가능성도 없지 않았다.

안이냐, 밖이냐…….

"젤, 어떻게 보지?"

"으—음…… 그러네요. 드래곤이 안으로 들어갔다면 입구의 얼음 기둥이 부러지지 않은 건 이상한 것처럼도 여겨지지만, 드래곤은 저런 모습이지만 무척 똑똑한 마수예요. 몸을 낮추면 아슬아슬하게 부러뜨리지 않고 들어갈 수 있을지도 모르니까요……."

하지만 이만큼 필사적으로 도망치는 녀석이 그만한 지혜를 발휘할 수 있었을까.

그보다 절벽을 구르며 내려갔다고 생각하는 편이 낫지 않을까.

젤은 그런 생각도 없지 않았지만, 하지만 가능성을 배제하기에는 이르지 않았다.

"역시 이대로 절벽을 내려갔다고 생각하는 편이 나을 거예요!"

"아니, 잠깐만!"

그때 배시가 코를 벌름거리며 유적 안을 노려봤다.

돌로 만든 벽이나 천장에는 아무런 흔적도 남아 있지 않았다.

혹시 드래곤이 이 안으로 몸을 집어넣었다면 새로운 상흔 정도는 남아 있어도 될 터.

그렇다면 이 안으로 도망치지는 않았다고, 그렇게 생각하는 참이었지만…….

"피 냄새가 난다."

"!"

오크의 후각은 조잡하지만 강하다.

유적 안에서 희미하게 피 냄새를 맡았다.

이 유적 안쪽에는 틀림없이 피를 흘리는 무언가가 있다.

"안이다! 가자고!"

"예!"

배시와 젤은 유적 안으로 발을 들였다.

조금 전보다도 살짝 신중했다. 드래곤이 이런 곳으로 도망쳤다면, 그저 도망만 친 것은 아니다. 무언가 승산이 있어서 그런 것이리라.

기습인가, 함정인가.

드래곤이 떠올릴 법한 일 따위는 짚이지도 않지만, 그저 가장 빨리 움직일 수 있도록 경계하며 두 사람은 안쪽으로 나아갔다.

안쪽으로 나아가면서 피 냄새가 짙어졌다.

있다, 라고 확신하며 배시는 냄새의 근원을 따라갔다.

검을 쥔 손에 힘을 실었다. 혹시 기습한다면 다음 순간이 결판의 그때가 될지도 모른다. 치명상을 입힐 수 있느냐, 혹은 당하느냐.

유적 안을 나아가자 위로 올라가는 계단이 있었다.

살짝 경사가 급한 계단은 무너지려는 참이라 올라가기 힘들고 시야도 좋지 않았다.

이쪽이 낮은 곳, 적이 높은 곳.

기습할 수 있을 법한 구멍이 있더라도 잘 보이지 않고, 불리한 상황임은 부정할 수 없었다.

긴장감이 점점 더 높아진다.

이윽고 계단이 끝나고 넓은 공간으로 나왔다.

살짝 따스한 공기가 둥실 온몸을 감싸고, 동시에 강한 피 냄새가 물씬 후각을 자극했다.

공간 안쪽에는 푸르게 빛나는 물체가 있고, 그것이 광원이 되어 유적 안에 그림자를 만들고 있었다. 거대한 바위나 기둥의 잔해 같은 것이 흩어져 있어서, 드래곤의 거구라도 숨을 수 있을 장소는 넘쳐났다.

"윽!"

배시는 무언가를 탐지하고 바위 뒤에 있는 어둠으로 뛰어들었다.

그리고 들어 올린 검을 그대로, 적이 있을 장소로 휘두르고———.

"……?"

멈췄다.

"여자?"

배시의 검이 향하는 곳에는 여자 하나가 있었다.

창백한 피부에 하얀 머리카락.

머리에는 커다란 뿔이 두 개 달려 있었다.

옷은 살짝 낡았지만 무척 훌륭해서 높은 신분임이 엿보였다.

게다가 몸의 라인을 알 수 있을 만큼 딱 달라붙어서 눈에 반가웠다.

몸은 늘씬해서 최근에 서큐버스의 풍만한 육체를 본 탓인지 조금 빈약하게도 여겨졌지만, 하지만 여성스럽게 아름다운 라인이었다.

얼굴도 괜찮았다. 살짝 어린 느낌이 남은 얼굴에, 드세 보이는 인상을 주었다.

금색으로 빛나는 눈동자는 크고 동그래서 아름답고, 도톰한 입술과 입가에 엿보이는 삐쭉삐쭉한 이빨은 참으로 큐트했다.

다만 그녀는 몸 여기저기에 상처를 입은 모습이었다.

동그랗고 아름다운 눈동자는 한쪽만 지독히 뭉개졌고, 목덜미에 생긴 상처는 깊은지 한손을 그곳에 대고서 헉헉 거친 숨을 몰아쉬고 있었다.

배시를 보는 눈에는 공포가 담겨 있었다.

완전히 구석으로 몰린 짐승 같은 눈이었다.

그녀는 딱딱 이빨을 부딪치고 양손을 자기 몸을 지키듯이 들어 올리며, 배시의 검과 배시를 몇 번이나 번갈아서 쳐다봤다.

하지만 이윽고 배시가 움직임을 멈춘 것을 보더니 입을 열었다.

"사."

더듬더듬하는 말은 마치 말을 갓 배운 어린아이 같았다.

하지만 분명히 그녀는 말했다.

배시에게 공포가 담긴 눈빛을 보내며 잔뜩 겁먹은 모습으로.

"살려줘. 죽이지 마."

왜 이런 곳에 이런 멋진 미녀가 있는 것일까.

역전의 전사인 배시도 혼란에서 빠져나오지 못했다.

"앗."

하지만 젤은 달랐다.

젤은 그녀의 몸에 남은 상처를 보고 딱 떠올렸다.

"토벌대 생존자인가요!"

"!"

배시 역시도 퍼뜩 놀라고, 그런 가능성이 있었느냐고 납득했다.

드래곤을 쓰러뜨리느라 너무 몰두해서 자신의 목적을 잊는다니 전사로서 실격이지만, 생각해보면 배시는 전쟁 중에 계속 그랬으니까 어쩔 수 없었다.

"드래곤한테서 철수하고 여기로 도망쳤다는 건가……?"

"아니에요. 당신, 여기! 자세히 봐요!"

그 말에 배시는 젤이 가리키는 방향을 봤다.

그랬더니 그곳에는 어디선가 기억에 있는 공간이 존재하고 있었다.

바위가 부서지고, 벽이나 천장이 불에 타고, 피가 주위에 흩뿌려져 있었다.

조금 더 안쪽을 봤더니 그곳에는 녹은 바위와 인간이 둘 정도 지나갈 수 있을 법한 구멍도 존재했다.

배시 일행이 들어온 구멍이었다.

"여긴, 이어져 있었나……!"

"아무래도 그런 모양이네요."

이 무슨 일인가. 그곳은 조금 전에 배시가 드래곤과 싸운 장소였다.

유적은 드래곤의 둥지로 이어져 있었던 것이다.

"그렇다면 조금 전의 피 냄새는……."

"아까 전투의 흔적, 이라는 걸까요."

드래곤은 그것을 알고 있었기에, 눈에 몸을 문질러서 피 냄새를 옅게 만들고, 농후한 피 냄새가 남은 이곳으로 배시 일행을 유도했을 것이다.

설마 드래곤이 그런 속임수를…… 그런 생각도 들었지만, 마수 중에는 그런 행동을 취하는 녀석도 있다. 신기할 일은 아니었다.

그리고 이 토벌대 여자는 드래곤이 비상식량 같은 것으로 확보하고 있었다. 그런 이야기일까.

어쩌면 드래곤은 동족이 위기에 처하면 구하려 하는 인간의 습성을 알고 있기에, 이럴 때에 대비해서 여자를 살려 두었을지도 모른다. 둥지 안에 상처투성이 인간을 놓아두면 자신이 둥지에서 도망칠 때에 발을 묶어둘 테니까…….

휴먼이 전쟁 중에 자주 사용한 방법이었다.

드래곤의 지능은 지극히 높다고 여겨진다. 그 정도는 하더라도 신기할 것은 없었다.

어쨌든,

"놓쳤다, 그런 의미인가……?"

"…………그러네요."

드래곤은 끝내 도망쳤다.

그 사실에 배시의 어깨에서 힘이 빠지고 칼끝이 땅으로 향한 것이었다.

6. 극상의 데몬 여자

드래곤의 둥지에서 발견한 여자는 몸을 부들부들 떨며 배시 일행을 전전긍긍하는 시선으로 보고 있었다.

"가엽게도, 완전히 겁을 먹었네요……."

"그런 모양이군."

전장에서는 자주 있는 일이다.

특히 격전에서 운 좋게 살아남은 신병에게서 흔히 볼 수 있었다.

노성과 피와 충격 가운데, 오른쪽 녀석이 불길이 휩싸여서 죽고, 왼쪽 녀석의 눈에 화살이 박혀서 죽고, 앞의 녀석은 둘로 쪼개어져서 죽고, 뒤의 녀석은 어느샌가 이미 없다.

이제는 뭐가 어떻게 된 것인지 알 수가 없다.

어쨌든 달리고, 어쨌든 숨고, 떨면서 들키지 않기를 기도하며 살아남았지만, 너무나도 큰 공포 탓에 한 걸음도 움직이지 못하고, 원군으로 다가온 아군에게조차 그만 겁을 먹는 것이다.

용감하고 둔감한 오크조차 가끔 그렇게 되는 자도 있다. 물론 오크가 그렇게 되면 겁쟁이라고 비웃음을 사게 되지만, 그래도 그런 자는 나온다.

배시에게 그런 경험은 없지만 동기 전사 중 하나가 그렇게 된 적은 있었다.

울먹이며 더는 싸우고 싶지 않다 외치던 전사를 본 적이 있다.

처음에야 배시는 함께 있던 동료들과 함께 "오크 전사로서는 있을 수 없는 겁쟁이다"라며 분개했다.

하지만 배시는 전장에서 오래 살았다.

그러니까 동시에 아는 것도 있다.

그들은 전장으로 돌아왔다.

울먹인다고 전장에서 물러나는 것이 허락되는 종족이 아니지만, 마을 안쪽에서 겁쟁이로서 처형당하는 것이 아니라 또다시 적과 싸우는 길을 선택한 것이었다.

그리고 돌아온 전장에서 용감하게 싸우고 죽었다.

떨면서 무참히 목숨을 구걸하고 죽는 것이 아니라 용감하게 싸우고서 말이다.

그러니까 눈앞의 여자 데몬을 상대로도 그저 비웃을 생각은 없었다.

이 여자도 얼마 있으면 또 원래 상태로 돌아가서 용감히 싸우게 되는 것이다.

역전의 오크는 다들 그것을 알고 있다.

그렇기에, 겁을 먹고 만 자를 겁쟁이라 비웃기는 하더라도 그 자리에서 오크의 수치라며 죽이거나 그러지는 않는다.

자주 있는 일인 것이다. 정말로.

하물며 상대는 드래곤이다. 이렇게 되지 않는 사람이 드물 것이다.

그런 것보다도 이 겁먹은 여자는 어떻게든 자기 것으로 만드는 쪽이 중요했다.

그를 위해서 왔으니까.

("당신, 찬스예요! 아무리 데몬 여자라도 이런 상황이라면 상대해주지 않을 일은 없어요! 지금은 남자답게 가죠.")

("그래!")

배시는 여자에게 다가갔다.

보면 볼수록 아름다운 여자였다. 얼굴이나 몸매도 그렇지만, 앉은 모습…… 아니, 전체적으로 피어오르는 기척이, 이제까지의 여자와 격이 다른 무언가를 느끼게 만들었다.

이루 표현할 수 없는 기척이었다. 기품과도 달랐다. 마력과도 조금 달랐다.

굳이 말한다면 아우라라고 해야 할 무언가를, 이 여자는 가지고 있었다.

배시조차 등에 얼음 기둥이 박힌 것 같은 한기를 느꼈다.

배시 안의 무언가가, 이 여자를 자기 것으로 삼을 수 있다면 틀림없이 굉장할 것이라 외치고 있었다.

'이것이 데몬 여자인가…….'

이제까지 데몬 여자는 수도 없이 보았지만, 막상 자기 것으로 삼으려 생각하면 이렇게까지 긴장되는 것인가.

하지만 겁먹지는 않았다. 천재일우의 기회가 눈앞에 굴러다니고 있으니까.

도망친 드래곤은 걱정이지만 이 동굴로 들어와서, 그리고 없었던 시점에서 추격은 실패한 것이다. 놓친 것이다.

드래곤을 계속 쫓아서 정처도 없이 산을 헤맨 끝에, 부활한 드래곤에게 하늘에서 습격을 당하는 것보다는 눈앞의 여자를 손에 넣는 편이 낫다.

우선은 이 여자가 반하도록 만들고, 그 뒤에 동굴을 탈출하는 것이 올바른 선택이다.

드래곤은 쓰러뜨리지 못했지만 그것이 목적은 아니었다.

"사, 살려, 살려줘."

"드래곤은 반드시 죽이겠다."

살려줘, 살려줘. 그렇게 애원하는 여자 데몬에게 배시는 안심시키듯 그렇게 말했다.

겁먹은 사람을 대할 때에는 우선 이렇게 믿음직하게 적을 격멸하겠다는 취지를 이야기해야 한다.

역전의 전사가 기개를 드높인다면 젊은이도 용기를 얻는 법이다.

"나는 전에도 드래곤을 죽인 적이 있지. 붉은 비늘의 드래곤이었다."

히익, 여자의 목에서 소리가 새어 나왔다.

"안심해라. 네가 괴로움을 겪을 일은 이제 없다."

배시는 가만히 상대의 눈을 봤다.

이것은 레슨 몇이었던가. 여자는 남자의 뜨거운 눈빛을 좋아한다.

언젠가 받은 레슨은 제대로 배시 안에 숨 쉬고 있었다.

여자는 배시의 눈동자를 보더니 서서히 동요가 가라앉는 모습을 보이고⋯⋯.

"음!"

그때, 배시는 시야 한구석으로 문득 움직이는 것을 발견했다.

거미였다. 몸 전체에 빼곡히 털이 난, 줄무늬 거미가 있었다.

설산이라고 해도 동굴 안은 무척 따듯했다.

게다가 드래곤이 서식한다면 배설물이나 노폐물을 먹는 생물이 있어도 이상하지는 않다. 게다가 그 생물을 포식하는 생물이 있는 것도 당연하다.

물론 배시에게 그런 생물학적인 지식은 없다. 알고 있는 것은, 털이 난 줄무늬 거미는 대부분 독을 가지고 있다는 사실이었다.

거미의 독은 강하다. 독에 강한 오크조차도 때로는 이틀 정도 복통에 시달릴 정도의 맹독을 가진 경우도 있다.

데몬은 독에도 강하다고 하지만 이렇게나 약해진 상태라면, 어쩌면 이 여자는 물려서 죽어버릴지도 모른다.

"흠!"

그렇기에 배시는 곧바로 거미를 향해 검을 휘둘렀다.

거미는 일격으로 절명하고 보라색 액체를 주위로 흩뿌렸다.

"삐잇!"

무언가 이상한 소리가 들렸지만 이것으로 이제 안심.

그렇게 생각하며 여자 쪽을 봤더니, 여자의 몸이 휘청 흔들렸다.

"……이, 이봐!"

여자는 그대로 땅바닥에 쓰러졌다. 흰자위를 까뒤집고, 거품을 물고 있었다.

"이미 물렸나?! 젤!"

"알겠어요!"

배시의 말에 호응하여 젤은 평소처럼 부상자 바로 위에서 댄스를 췄다.

페어리 사이에서 한다면 빈축을 살 행위이지만 부상자 위에서 한다면 어엿한 의료 행위였다.

여자의 몸에 순식간에 가루가 쌓이고 상처가 한순간에 치유되었다. 너덜너덜했던 손가락도, 온몸에 난 찰과상도, 무참하게 뭉개진 눈도 순식간에 깨끗해졌다.

젤은 땅으로 내려오더니 여자 주위를 빙글 돌았다.

그리고 외상 중에 거미한테 물렸을 상처는 없다는 것을 알고 다시금 배시 쪽을 돌아봤다.

"으─음. 물린 건 아닌 모양이에요. 외상도 다소 깊기는 하지만 대단하진 않고, 아무래도 긴장의 실이 끊어져서 잠들었을 뿐인가 봐요!"

"그런가!"

배시로서는 간신히 발견한 데몬 미녀였다.

시켄스로부터도, 자기 것으로 삼아도 된다는 허가를 받았다.

이런 곳에서 죽어서는 곤란하다.

"이 녀석이 내 아내가 되는 건가……."

그건 그렇고, 보면 볼수록 좋은 여자였다.

서큐버스만큼 풍만한 것은 아니고 전체적으로 늘씬했다. 손발은 몸에 비해서 살짝 크고, 길고 날카로운 손톱이 붙어 있었다. 격전을 헤치고 나왔는지 몇 개는 깨져 있었지만…….

머리카락은 최근에 보았던 여자들 누구와 비교해도 덥수룩해서 손질이 되어 있지 않았다.

데몬은 전장에서도 우아해야 한다는 표어라도 있는지 아름다운 머리카락을 나부낄 때가 많았지만…… 하지만 전장의 전사라면 손질이 되지 않는 것이 당연하다. 죽음을 앞에 두고서 머리카락을 걱정할 법한 여자가 아니라는 것이다. 하지만 허리까지 내려오는 긴 머리카락에서는 형용할 수 없는 기품 같은 것이 느껴졌다.

꼬리도 나 있었다. 허리에서 무릎 정도까지 내려오는 가늘고 긴 꼬리에서는 리저드맨의 그것과 가까운 느낌도 들었지만, 끝부분에 덥수룩한 털이 나 있었다.

날개도 있었다. 서큐버스의 날개와 비슷하지만 그것보다도 탄탄한 것처럼 보였다. 비행 능력은 데몬 쪽이 높을 것이다.

그때 배시에게 작은 의문이 싹텄다.

"데몬 중에, 이런 날개가 달린 씨족이 있었나……?"

"으─응, 나도 본 기억이 거의 없는데요……?"

젤의 말에 배시도 끄덕였지만, 잘 생각해보면 그것도 이상한 일은 아니었다.

"하지만 나, 사실을 데몬을 그렇게 찬찬히 본 적이 없단 말이죠."

"……확실히. 데몬은 우리가 쳐다보는 걸 싫어하니까."

데몬을 보고 있으면 반드시 듣는 말이 있다.

"하등한 오크가 빤히 쳐다보지 마라"다.

데몬은 오크나 페어리를 얕잡아보기도 하지만, 아마도 애당초 시선 앞에 드러내는 것을 그리 좋아하지 않는 종족일 것이다.

종족에 따라서는 상대를 오래 바라보면 싸움을 거는 것으로 여기는 종족도 있다.

예를 들면 비스트 등도 그런 부류다.

데몬 중에는 특수한 마안을 가진 사람도 많으니까, 시선이 공격적인 의사로 받아들여지는 것은 그다지 이상한 일이 아니었다.

게다가 데몬은 배시가 아는 한, 다양한 종족이 있다.

가장 많은 것은 갈색 피부를 가진 레서 데몬이지만, 파란 피부나 여러 개의 눈을 가진 상위 데몬도 있다. 데몬 귀족이라면 가문 이름이 같더라도 개개인이 전혀 외모가 다르다.

이름의 숫자만큼 다양한 외모가 있다고 해도 과언이 아닐 만큼, 데몬의 외모는 각양각색이었다. 모르는 종류의 데몬이 있더라도 딱히 신기할 일이 아니었다.

여하튼 배시는 데몬의 외모에 대해서 잘 알지 못하니까.

중요한 것은 눈앞의 여자가 무척 아름답다는 사실이었다.

하지만 외모 이상으로 온몸에서 신기한 매력과 파워를 느꼈다.

한기가 들 정도로.

'…….'

시켄스에게 허가는 받았다.

드래곤 토벌에 나선 여자 데몬은 배시 것으로 삼아도 된다. 그러니까 현 시점에서 이 여자는 배시 것이라는 의미다. 길고 힘들었던 여행이 간신히 보답을 받는 날이 온 것이다.

배시는 여자에게 손을 뻗었다.

쌓이고 쌓인 그 욕구가 해방되는 것은, 그야말로 지금이다.

하지만 그의 손길은 여자에게 닿을락 말락, 그런 지점에서 뚝 멈췄다.

"······시켄스한테 허가는 받았지만 이 여자 본인의 허가는 받지 않았군."

오크 킹의 명령으로, 다른 종족과의 허가 없는 성교는 금지되어 있다.

시켄스로부터 허가는 받았으니까, 허가 자체는 얻었다.

그렇게 말하지 못할 것도 없겠지만····· 정말로 그럴까.

예를 들면 오크 킹이 누군가에게 "배시를 죽여도 된다"라고 말했다 치자.

그 누군가가 배시를 습격하더라도, 배시는 얌전히 죽을 것인가.

대답은, 그렇지 않다.

배시는 오크 킹에게 "죽어라"라고 명령받지 않았으니까.

반대로 혹시 그 누군가에게 자다가 습격을 당한다면, 배시는 오크 킹을 상대로 불신감을 품을 것이다.

오크 킹이 배시의 명예를 중시해주지 않았다고, 그렇게 생각할 것이다.

그러니까 시켄스의 명예가 손상될 가능성도 있다.

게다가 자는 동안에 멋대로 성교를 한다면, 그것이 허가 없는 성교에 해당될 가능성도 있다.

"깰 때까지 기다릴까······."

그렇기에 배시는 그리 결정했다.

뭐, 깨어나고 사정을 설명한다면 이 여자도 싫다고 하지는 않을 것이다.

데몬은 오크와 마찬가지, 윗사람의 명령에는 절대복종하니까.

이만한 미인을 손에 넣을 기회라니 아마도 두 번 다시 없을 테니까, 지금은 신중하게 행동해야만 한다.

"데리고 돌아가는 편이 낫지 않을까요? 데몬은 의심이 많으니까, 당신이 허가를 받았다고 그래도 믿지 않을지도 몰라요."

데몬은 의심이 많다. 시켄스가 허가를 내렸다고 해도 바보 같은 소리 말라며 일축할지도 모른다.

전례도 있다. 잊을 수도 없는, 용사 레토를 쓰러뜨린 뒤의 일이다. 어쩌다 보니 게디구즈의 죽음에 대해서 데몬들에게 이야기할 기회가 있었는데, 자초지종을 설명했더니 그들은 그것을 일체 믿으려 하지 않았던 것이다.

너 같은 미천한 돼지가 용사 레토를 쓰러뜨릴 수 있을 리가 없다고.

하물며 게디구즈 님을 죽인 상대를 쓰러뜨렸다니, 과대망상도 정도껏 하라고.

"음, 확실히 그렇군."

배시는 젤의 말에 수긍하여 여자를 들어서 어깨에 짊어졌다.

꼬리가 얼굴 바로 옆으로 다가오자 이제까지 맡은 적이 없을 만큼 좋은 냄새가 났다.

살결은 부드럽고 매끈매끈했다.

이 여자를 안는다고 생각하니 배시가 가진 오크의 상징인 부분도, 기대감과 달성감에 하늘로 향했다. 그야말로 기쁨의 극치였다.

생각해보면 오크는 다들, 자신이 쓰러뜨린 여자를 이렇게 짊어지고서 가지고 돌아갔다.

오크들은 다들 이 기대감, 달성감과 함께 살아온 것이다.

'전쟁이 끝난 뒤에도 같은 기분을 느낄 수 있다니, 나는 운이 좋다.'

그렇게 생각하며 배시는 그대로 동굴 입구로 걸어가다가, 멈췄다.

"밤이, 끝났군."

"······눈보라도 그쳤네요. 위험하겠어요."

산의 날씨는 변화무쌍하다.

조금 전까지 눈보라가 치던 산 상공에서는 햇빛이 비쳐들고 있었다.

하늘은 아직 흐리지만 시야 아래로는 산들과 기슭의 설원이 펼쳐져 있었다.

배시가 보낸 역전의 날들을 생각하면, 그곳에 무언가 생물이 있다면 바로 알 수 있을 것이다.

"······."

이곳을 영역으로 삼은 드래곤이라면 더더욱.

명확한 적을 놓치지는 않는다.

"이래서는 나갈 수 없겠군······."

배시는 바로 돌아가는 것을 포기했다.

하늘을 나는 드래곤을 상대로는 승산이 없다.

기껏 극상의 여자를 손에 넣었는데, 돌아가는 도중에 드래곤에게 죽어서야 아무 의미도 없다.

"아무래도 여기서 한동안 기다릴 수밖에 없겠군."

"그럴 것 같네요……."

하늘을 올려다보며 젤도 그렇게 말했다.

"적어도 또 눈보라가 칠 때까지는 기다릴까."

서두를 일은 없다. 산의 날씨는 변화무쌍하다. 또 눈보라가 치는 것을 기다린 뒤에 귀환한다면 그만일 뿐이다.

혹시 모르니까 여자에게 먹일 수 있을 만큼의 식량은 가져왔다.

오크는 식욕이 왕성한 종족이지만 오랫동안 먹지 않아도 죽지는 않으니까, 여차하면 배시 몫의 식량을 여자에게 주면 그만일 것이다.

그리고 혹시 드래곤이 돌아올 것 같다면 이번에야말로 끝을 내면 된다.

이 동굴 안에서 싸우는 이상, 배시는 지지 않을 것이다.

"그건 그렇고, 간신히 내게도 아내가 생기는가……."

"그거 말인데요, 당신."

"뭐지?"

젤은 요정 중에서도 특히나 미래를 볼 수 있는 타입이다.

사흘 뒤의 간식까지 고려해서 그날의 식사를 선택할 수 있는 것이다.

"데몬 여자는 자존감이 높아요."

"그렇지."

"내 예상으로는, 기껏 아내로 삼더라도 말을 전혀 안 들어줄지도 몰라요. 그뿐만 아니라 당신에게 도움을 받은 사실 따윈 금세 잊고 나라로 돌아가 버릴지도…… 아내가 되기는 했다, 결혼은 해줬다고. 하지만 아이를 낳는다고 말하진 않았어! 이혼이다, 멍청이! 그런 소리를 하면서!"

"무슨 말도 안 되는…… 아니, 그럴지도 모르겠군."

생각해보면 데몬은 항상 그랬다.

데몬 부대가 열세인 상황에서 원군으로 달려왔을 때는 환호성을 보내준다.

전투 중에는 "덕분에 살았다!" "오크도 꽤 하잖아!"라고 외치는 주제에, 전투가 끝나서 일단락되면 그런 사실은 없었다는 듯이 행동하는 것이다.

"수고했다"라고 당연하다는 듯이 말하면 그나마 낫고, "이렇게 늦게까지 뭘 하고 있었나?"라며 질책할 때도 많이 있었다. 그것을 생각하면 데몬 여자가 아내의 책무를 내버리고 도망치더라도 이상하지는 않았다.

"데몬 여자를 제대로 아내로 맞이하고 싶다면, 우선은 대등해져야만 해요!"

"데몬과 대등, 인가……."

이 여자도 지금은 겁먹은 모양이지만 금세 배시를 깔보기 시작할지도 모른다.

그렇게 된다면 제대로 대화를 할 수 있을 리도 없다.

그렇다면 역시나 약해져 있는 바로 지금, 관계를 쌓아야만 하는 것일까.

데몬이라는 종족은 약해져 있을 때에는 이쪽의 이야기를 들어주니까.

"그런 일이 가능하다고 생각하나?"

"가능하지 않아도 하는 거예요! 애당초 이건 기회라고요! 이 데몬 여자가 약해진 지금, 당신의 남자다운 모습을 보여줘서 반하게 만드는 거예요! 당신이 구해줬다! 여자는 구원을 받았다! 당신은 강하다! 여자는 약하다! 데몬은 참으로 높으신 분일지도 모르겠지만, 자신과 당신만큼은 대등하다고 깨닫게 만드는 거예요!"

"흠…… 그렇군."

"자, 이 여자가 깨어나기 전에 작전을 생각해요!"

"그래!"

이리하여 두 사람은 잠든 여자를 앞에 두고 작전 회의를 시작하는 것이었다.

7. 『눈』

현재 바스토니아 대륙에서 드래곤에 대해 알려진 사실은 이하와 같다.

· 드래곤이라는 생물은 어느 종족보다도 압도적으로 강하다.

· 드래곤이라는 생물은 엘프보다도 오래 산다.

· 드래곤이라는 생물은 어디서든 살 수 있다. 따뜻한 곳이 좋은 개체는 화산에서, 추운 곳이 좋은 개체는 설산에서, 바다 밑이나 독 늪에서 사는 개체도 있다.

· 드래곤이라는 생물은 온갖 공격을 막아내는 단단한 비늘로 보호받는다.

· 드래곤이라는 생물은 온갖 것들을 찢어발기는 단단한 이빨과 발톱을 가지고 있다.

· 드래곤이라는 생물은 온갖 것들을 삼켜서 소화하는 위를 가지고 있다.

· 드래곤이라는 생물은 누구라도 쫓을 수 있는 날개로 하늘을 자유자재로 난다.

· 드래곤이라는 생물은 온갖 물체를 녹이는 고온의 브레스를 뿜을 수 있다.

· 드래곤이라는 생물은 배가 부를 때에는 다른 생물을 습격하지 않을 때도 있다.

· 드래곤이라는 생물은 온갖 마수 중에서 가장 지능이 높다.

혹은 드래곤과 오래 교류를 가졌다고 여겨지는 휴먼 현자라면, 조금 더 드래곤에 대해서 잘 알지도 모른다.

하지만 그런 현자도 교류를 가진 드래곤은 한 마리에 불과하여 일개 개체의 개성을 아는 것에 불과하다.

바스토니아 대륙의 생물은 사나운 짐승부터 겁쟁이 생쥐에 이르기까지, 모두 드래곤을 두려워한다. 드래곤을 기피하고 다가가지 않으려 하며 살고 있다.

그것은 인간도 예외가 아니다.

자, 그런 드래곤이다만, 현재 바스토니아 대륙에는 단 한 마리만이 살고 있다.

과거에는 조금 더 먼 대륙에 살던 그것은, 전쟁 도중에 대륙으로 건너왔다.

드래곤에게 이름 따위는 없지만, 그 녀석은 다른 드래곤으로부터는 『눈』이라고 불렸다.

왜 그렇게 불리게 되었는지, 『눈』 자신도 기억하지 못한다.

그렇지만 아마도 다른 드래곤보다도 눈이 좋아서 멀리 있는 사냥감도 잘 찾으니까, 그런 이유일 것이다.

드래곤의 이름 따위는 그런 것이었다.

『눈』은 흔하고 평범한 드래곤이다.

장수하고, 추운 곳을 좋아하고, 단단한 비늘과 이빨과 발톱과 날개를 가졌고, 다른 생물을 먹잇감으로만 생각한다. 흔한 드래곤으로 태어났고, 흔한 드래곤으로 살아왔다.

평범한, 온갖 생물이 공포를 느끼는 최강의 생물이다.

그런 『눈』이 인간에게 흥미를 가진 것은 친구인 『뼈』의 존재가 계기였다.

『뼈』는 이상한 드래곤이었다.

인간에게 무척 흥미를 가졌고, 이야기를 좋아했다.

『눈』은 『뼈』의 이야기를 자주 듣는 입장이었지만, 『뼈』의 이야기는 재미있어서 듣고 있으면 즐거웠다.

틀림없이 『눈』은 『뼈』를 좋아했던 것이리라.

여하튼 인간에게는 요만큼도 흥미가 없었는데, 인간 이야기를 하는 『뼈』를 보고 있으면 어쩐지 기뻤으니까.

그런 이상한 드래곤은 어느 날 작은 인간과 함께 어디론가 가서, 그야말로 『뼈』가 되어 돌아왔다.

죽은 것이다.

『뼈』가 죽은 날, 『눈』은 무척 슬펐다.

슬픈 감정을 억누르지 못하고, 강한 살의를 가지고서 원흉이 된 인간들을 먹어치우며 돌아다녔다.

그 슬픔과 살의가 희미해졌을 무렵, 『눈』은 의문을 느꼈다.

『뼈』는 어째서 인간에게 그렇게나 흥미를 가졌던 것일까.

인간의 무엇이 재미있었을까.

그렇다. 인간에게 흥미를 가진 것이었다.

그렇지만 인간을 관찰하려고 다가가면 인간은 공격했다.

『눈』에게 죽일 생각이 없더라도 인간은 이미 수백 명이 죽었으니까 당연할 것이다.

그러니까 결국에 구워서 먹게 되었다.

붙잡아서 가지고 놀아본 적도 있지만 딱히 재미있지는 않았다. 『뼈』가 어째서 인간에게 고집했는지 전혀 알 수가 없었다.

『눈』은 낙담과 동시에 질렸다.

여하튼 인간은 『눈』에게 상대도 안 되는데 매일처럼 괴롭히려고 들었으니까.

먹을 것을 얻기 위해서 사냥을 했더니 공격하고, 화해를 위해서 식량을 주는가 싶었더니 몹시 쓰고, 쓴맛에 얼굴을 찌푸렸더니 이상한 그물을 뒤덮으려 들었다.

그때마다 죽여줬고 겁을 먹게 만들려고 거처에 불을 퍼부어줬지만, 괴롭힘은 그치지 않았다.

최근에는 둥지까지 숨어드는 꼴이었다.

이제 인간은 됐으니까 둥지 위치를 바꿀까.

하지만 사라지면 도망쳤다고 여길지도 모른다. 그것은 아니꼽다.

그렇지만 인간의 둥지를 섬멸하는 것은 귀찮다. 저 녀석들은 금세 안쪽으로 숨으니까.

어떻게 할까…….

그렇게 생각하던 그때였다.

녹색 인간이 둥지에 침입한 것은.

■

드래곤은 최강의 생물이다.

그렇기에 『눈』은 태어나서 이제까지 한 번도 『위기감』이라는 것을 느낀 적은 없다.

그것은 『눈』만 그런 것이 아니었다.

대부분의 드래곤은 죽을 때까지 한 번도 위기감을 느끼는 적 따위는 없다.

비늘은 온갖 공격으로부터 몸을 지켜주고, 강인한 위장은 독이라도 삼킬 수 있다.

목숨이 위기에 처한 경험 따위는 없는 것이다.

있더라도 고작해야 동료 사이에 영역 다툼을 할 때 정도일까.

드래곤들끼리는 서로의 공격으로 상처를 입고 마니까.

그렇지만 드래곤이 서로의 영역에 들어가는 일은 일단 없고, 있더라도 죽을 때까지 싸우는 일도 거의 없다.

대부분은 그 기나긴 생애를 최강으로서 계속 군림한 뒤, 수명이 다 되어 죽는다.

그러니까 그 녹색 인간이 기어들어왔을 때도 『눈』은 가볍게 이런 생각을 했다.

'또 왔어⋯⋯.'

그렇지만 한 마리 정도라면 아무래도 상관없다. 좁은 통로에 있을 때, 브레스를 뿜으면 끝이다.

그렇다, 믿기 힘들게도 인간은 어느샌가 『눈』의 둥지에 작은 입구를 만든 것이었다.

둥지 뒤편에서 그 통로를 통해 침입해서, 『눈』이 자고 있을 때에 덮쳤다.

다만 그 녀석들은 『눈』이 깨어나서 날뛰자 생쥐처럼 황급히 흩어지고, 기억에 없는 좁은 통로로 도망쳤다.

그리고 그곳에 브레스를 뿜은 것만으로 반 이상이 죽었다.

몇 명인가는 살아있어서 좁은 통로를 통해 밖으로 도망쳤지만 쫓아가서 태워 죽였다. 참으로 귀찮았다.

그러니까 녹색 인간이 브레스를 뿜은 뒤에 살아있더라도 신기하지는 않다고 생각했다. 전에는 반 정도가 살아있었으니까.

하지만 어차피 지난번처럼, 좁은 통로를 쪼르르 도망쳐서 돌아갈 것이다.

그렇지 않다면 다시 한번 브레스를 뿜으면 그만이다.

그렇게 생각하며 들여다보고⋯⋯.

갑자기 한쪽 눈이 뭉개졌다.

혼란스러웠다. 뭐가 어떻게 된 것인지 알 수 없었다.

그저 한쪽 눈이 뜨겁고, 날카로운 통증이 온몸을 지나갔다.

그리고 좁아진 시야에서, 녹색 인간이 둥지까지 들어온 것을 알았다.

이 녀석이 했구나, 바로 알 수 있었다.

"갸아오오오오오아아아아아!"

분노에 내맡겨서 목소리를 내지른 것은 얼마만일까.

이렇게 외치면 온갖 생물들이 공황에 빠져서 이리저리 도망쳤다.

"그라아아아아아아아아아오오오오오!"

간발의 차도 없이 포효가 돌아왔다.

움찔, 자신의 몸이 떨리는 것을 알 수 있었다.

내려다보니 녹색 녀석이 검을 들고 있었다.

이 녀석은 붙을 생각이다. 건방지게도, 이렇게나 작은 녀석이, 자신과.

……어째서?

그런 당혹감은 금세 분노로 바뀌었다.

"갸오아아아!"

평소보다 다리에 힘을 싣고, 모으고, 뛰어오르고, 오른팔을 들어 올리고, 녹색 녀석에게 휘둘렀다.

그리고 들은 적 없는 소리를 들었다.

까아아아앙!

그 소리를 들은 것과 동시에 자신이 넘어진 것을 깨달았다.

바로 일어서자 손끝에서 아픔을 느꼈다. 수백 년이나 깨지지 않았던 발톱이 깨지고 피가 흐르는 것을 깨달았다.

'어라?'

"뭔가 이상하다"라는 예감은 있었다.

하지만 오랜 경험이 그 생각을 부정했다. 자신이, 드래곤이 이런 인간 한 마리에게 당할 리가 없는 것이다. 그런 일은 이제까지 없었으니까 상상도 하지 않았다.

그래서 미처 생각하지 못했다. 자신이 지금 위기에 빠졌다는 사실을.

하지만 십여 분 뒤, 간신히 깨달았다.

'……못 이겨?'

고작 십여 분만에 몸은 너덜너덜해졌다.

발톱도 이빨도 부러지고, 브레스를 너무 뿜어서 목이 얼얼하게 아프고, 온몸의 비늘은 벗겨지고, 목덜미에는 큰 상처가 나고, 주위에 흘린 피는 몸에서 힘을 빼앗았다.

작은 녹색 인간은 압도적이었다.

이쪽의 공격에는 모두 대처하고, 발톱도 이빨도 비늘도 부수었다.

그리고 지금, 본 적이 없을 정도로 무서운 표정으로 이쪽을 노려보고 있었다.

'죽는다……?'

그것은 드래곤에게 희미하게 남은 본능이었다.

모든 생물이 갖추고 있는, 생존 본능. 태어나서 이제까지 한 번도 느낀 적이 없는, 『위기감』.

그것이 온몸을 지배했을 때…….

"……어?"

『눈』은, 도망치고 있었다.

"놓치지 마라! 쫓아라!"

녹색 인간이 쫓아온다. 조금 더 작은, 빛나는 인간도 함께.

굉장한 속도였다. 굉장한 표정이었다. 굉장한 살기였다.

당연하다. 이 녀석은 자신을 죽이러 온 것이다. 보내줄 이유 따위는 없었다.

『눈』은 도망쳤다.

브레스를 너무 뿜은 탓인지 가슴 언저리가 뜨거웠다. 다친 탓인지 제대로 달릴 수가 없었다.

둥지 밖으로 나와서 날개를 펼쳐도 날 수조차 없었다. 조금 전의 싸움으로 날개에 구멍이 뚫려 있었다. 경사면을 굴러떨어지듯이 도망칠 수밖에 없었다. 하지만 움직이지 못하는 것보다는 나았다.

어떻게든 상관없으니까 도망치고, 도망치고, 도망치고……

어느 장소에서『눈』은 걸음을 멈췄다.

정신이 들자 둥지 뒤쪽 입구 앞이었다.

지금 자신은 날지 못한다. 하지만 이 이상 내려간다면 숨을 장소가 없다.

그러니까『눈』은 최후의 도박에 나서기로 했다.

드래곤에게는 다른 생물이 모르는 최후의 수단이 남아 있었다.

드래곤 중에서도 본 적이나 쓴 적이 있는 자는 적다. 그 최후의 수단은, 우선 평생에 한 번도 사용할 일이 없다고 여겨지니까.

사용하는 것 자체가 수치라고 말하는 드래곤도 있다.

적어도『눈』은, 자신이 사용할 일은 없다고 생각했다.

하지만 그 사용법만큼은 알고 있었다.

누구한테 배운 것도 아니지만 본능이 알고 있었다.

■

그 마법에 대해서 하는 사람은 대륙 전체를 뒤져봐도 없을 것이다.

드래곤에게조차 비밀로 여겨지는 마법으로, 드래곤 중에서도 "그 마법"이나 "그거"라는 식으로 명칭이 정해지지 않았다.

그 마법에 이름을 붙인 것은 어느 휴먼 하나였다.

그 휴먼은 드래곤과 깊은 친교를 나누었고, 후에 휴먼 사이에서는 현자라 불린 남자였다.

그 현자는 드래곤 하나로부터 그 비밀을 듣고서는 『뉴트』라고 이름 붙였다.

그러나 『뉴트』가 어떤 마법인지를 결코 이야기하지 않았다고 한다.

그렇기에 아무도 『뉴트』를 모른다.

"허억…… 허억…….."

『뉴트』를 사용한 『눈』은 뒤쪽 입구에서 동굴로 들어와서 그대로 원래 둥지로 돌아왔다.

그리고 동굴 구석에서 떨면서 녹색 녀석이 설산에서 헤매주기를 기도했다.

도망치는 것이 서투르다면 그렇겠지만, 도망을 잘 치는 드래곤 따위는 존재하지 않는다.

『눈』도 무언가로부터 도망친 것은 이것이 처음이었다.

"히익……."

그리고 『눈』은 잠시 후에 다가온 녹색 인간을 보고 절망했다.

녹색 인간은 바로 『눈』을 찾아내고는 검을 휘둘렀다.

죽었다고, 그렇게 생각했다.

"······여자?"

하지만 녹색 인간은 멈췄다.

『뉴트』가 통했다!

그렇게 생각한『눈』은 최대한의 마음을 담아서 별로 잘 알지 못하는 인간의 말을 꺼냈다.

"살려줘. 죽이지 마."

최근 몇 년 동안에 가장 많이 들은 말.

그 말의 의미도 물론 이해하고 있었다. 연습하지는 않았지만 입에서 매끄럽게 나왔다. 이것도『뉴트』의 힘일 것이다.

"토벌대 생존자인가요!"

『뉴트』는 자신의 몸을 다른 종족으로 변화시킨다.

생식조차 가능한, 완벽한 신체 변화.

태곳적, 절멸 직전이었던 드래곤이 종을 존속시키기 위해 만들어내었다는 비술.

현재는 다른 종족에게 패배할 지경인 드래곤이 목숨을 구걸할 때, 같은 모습이 되어 동정을 이끌어내기 위해 사용된다는 패배자의 마법.

그 마법을 아는 자는, 없다.

하지만 이 전승은 누구라도 알고 있다.

환상의 종족『드래고뉴트』.

■

"가엽게도, 완전히 겁을 먹었네요……."

"그런 모양이군."

인간들은 『뉴트』를 사용한 『눈』을 보고, 자신과 같은 종족이라 믿고 있는 모양이었다.

아무래도 『뉴트』 마법은 제대로 사용할 수 있었나 보다.

그런 빤한 상황에서 자신이 드래곤임을 깨닫지 못하다니, 바보 같은 인간이다.

그렇게 생각하고 안도하며 살아남고자 입을 열었다.

인간의 말을 제대로 이야기할 자신은 없었다. 하지만 이럴 때, 무슨 말을 하는지는 알고 있었다.

『눈』은 최근 몇 년 동안 그것을 몇 번이나 들었으니까.

"사, 살려, 살려줘."

제대로 말했다고, 그렇게 생각했다.

그것을 들은 녹색 인간은 『눈』 옆에 털썩 앉아서 자신감 넘치는 모습으로 이렇게 말했다.

"드래곤은 반드시 죽이겠다."

살기가 넘치는 말에 『눈』의 온몸이 오싹했다.

저도 모르게 다음 말을 삼키고 몸을 움츠렸다.

혹시, 들켰나?

"나는 전에도 드래곤을 죽인 적이 있지. 붉은 비늘의 드래곤이었다."

안 된다. 틀림없이 들켰다. 동요가 더욱 강해졌다. 심장이 터질 것처럼 뛰었다.

가슴이 아프다. 아아, 인간의 심장은 어째서 이렇게나 약한 것일까.

생각해보면 알아차리지 못할 리가 없었다.

자신도 인간이 도망쳐서 설원의 바위 그늘 같은 곳에 숨더라도, 피 냄새 같은 것으로 알아차렸으니까.

바보는 자신이다. 외모만 바꾸어놓고는 어째서 들키지 않는다고 생각했을까.

하지만 그럼 어째서 바로 죽이지는 않는 것일까.

"안심해라. 네가 괴로움을 겪을 일은 이제 없다."

그때『눈』은 퍼뜩 깨달았다.

그렇다.『뉴트』는 모습을 감추어서 속이는 마법이 아니다.

같은 모습이 되어 동정을 이끌어내기 위한 마법인 것이다. 그러니까 정체는 들켰지만『뉴트』는 통하고 있다는 것일까. 목숨만큼은 살려주는 것일까.

그렇게 생각한 다음 순간.

"흠!"

녹색 인간이 검을 휘둘렀다.

『눈』의 비늘을 부수고, 발톱과 이빨을 너덜너덜하게 만들고, 날개에 구멍을 뚫고, 마음까지 꺾어버린 검이.

공포의 대상이. 죽음의 상징이.

무정하게도.

"삐잇!"

철퍽, 그런 소리와 동시에 충격이『눈』을 덮쳤다.

『눈』은 자신의 한심한 단말마를 들으며 의식을 잃은 것이었다.

8. 『눈』과 『뼈』

『눈』는 눈을 번쩍 떴다.

'어라? 안 죽었어……?'

자신은 죽었을 터였다. 저 녹색 인간의 검이 『눈』의 목을 베었을 터였다.

『뉴트』를 사용한 신체는 드래곤보다도 약하다.

죽지 않을 리는 없었다.

'어라? 상처도 나았어?'

살펴봤더니 상처투성이였던 몸이 깨끗해져 있었다.

발톱은 아직 너덜너덜하지만 손끝의 상처도 날개의 구멍도 사라졌다. 그뿐만 아니라 뭉개진 눈도 목의 상처도 나아 있었다.

'……꿈이었나?'

무서운 꿈이었다.

둥지에 갑자기 녹색 인간이 찾아와서는 『눈』을 박살 내고, 죽이려고 다가오는 꿈이었다. 마지막에는 구석까지 몰아넣고 검을 휘둘러 끝을 냈다.

무서운 인간이었다. 아아, 떠올리는 것만으로도 가슴이…….

부끄럽게도 잠결에 『뉴트』까지 써버렸나 보다. 이런 일은 처음이었다.

그렇지만 눈을 떠보니 아무것도 아닌 꿈이었다.

그게 말이지, 저런 인간이 있을 리 없으니까.

"음, 눈을 떴나."

"삐잇!"

그 목소리에『눈』은 이상한 목소리를 내지르며 몸이 굳어졌다.

어느샌가 눈앞에 있었다.

녹색 인간이다! 꿈이 아니야!

"춥지는 않나? 배는 안 고픈가? 물은 마시겠지?"

녹색 인간은 굳은『눈』의 바로 눈앞에 웅크려 앉더니『눈』을 자기 몸에 두르고 있던 모피로 다정하게 덮어주고, 미지근한 물과 음식 같은 것까지 건넸다.

『눈』은 혼란스러워하며 식량과 녹색 인간을 교대로 봤다.

어떻게 하면 좋을지 알 수 없었다.

"안 먹는가?"

하지만 그 말에,『눈』은 곧바로 음식을 덥석 물었다.

시키는 대로 하지 않으면 죽는다고, 그렇게 생각했기 때문일지도 모른다.

"……."

녹색 인간이 노려보는 눈앞에서 한 식사는, 의외로 맛있었다.

배가 고팠으니까 그럴까,『눈』은 순식간에 식량을 먹어치웠다.

드래곤이라면 부족한 양이지만『뉴트』로 작아진 몸에는 충분했다.

'……어째서?'

그러나 의문은 남았다.

왜 이 녹색 인간은, 죽이겠다고 말한 상대에게 식량을 나누어주는 것일까.

'혹시, 안 들켰나……?'

어쩌면 역시나 『뉴트』 마법은 제대로 사용했다는 것일까.

조금 전의 검은 자신이 아니라 다른 무언가를 잡은 것일까.

자신은 그것에 겁먹어서 기절했을 뿐, 죽일 생각은 없었던 것일까.

그렇게 생각한 그때, 녹색 인간은 『눈』의 눈앞에 털썩 앉아서는 자신감이 넘치는 태도로 입을 열었다.

"드래곤은 반드시 죽이겠다."

다시 한번, 지금부터 다시 시작이라 그러는 것 같은 말.

기절하기 전에 들은 것과 같은 말에 『눈』의 온몸이 떨렸다.

"나는 드래곤이 발톱을 휘두르면 그 발톱을 부러뜨린다. 드래곤이 이빨을 펼치면 콧대를 부순다. 드래곤이 브레스를 뿜는다면 등 뒤로 돌아가서 날개를 찢겠지."

녹색 인간은 드래곤을 어떻게 죽일지 상세하게 설명해주었다.

이렇게 나온다면 이렇게, 저렇게 나온다면 이렇게, 혹시 드래곤이 이렇게 할 것 같다면 나는 이렇게 하겠다.

그리고 마지막에는 목을 떨어뜨리겠다고.

망상 같은 전투의 상상은 분수도 모르는 젊은이가 자주 하는 그것이다.

드래곤을 한 번이라도 본 적이 있는 인간이 그것을 듣는다면 코웃음 칠 것이다.

드래곤 당사자인 『눈』도 작은 인간이 눈앞에서 그런 소리를 꺼냈다면 코웃음 쳤을 것이다. 할 수 있다면 해보라고 그러듯이 인간을 발톱으로 찢고, 이빨로 물어뜯고, 브레스로 모조리 태웠을 것이다.

그것이 녹색 인간의 입에서 나온 말이 아니라면, 말이다.

이 인간이 말하는 내용에는 『눈』도 기억이 있었다.

조금 전의 전투에서는 그야말로 이 인간이 말한 그대로의 일이 벌어졌던 것이다.

발톱을 휘두르면 부수고, 이빨을 펼치면 코를 도려내고, 브레스를 뿜으면 등 뒤로 돌아들어서는 날개에 구멍을 뚫었다.

도저히 웃을 수가 없었다.

여하튼 녹색 인간이 하는 말의 대부분은 이미 한 일이니까.

『눈』이 다소 전투 방식을 바꾸더라도 틀림없이 그것에 대응할 것이다.

"이번에는 반드시 목을 떨어뜨리겠다."

녹색 인간은 『눈』을 노려보며 그렇게 말했다.

그야말로 쏘아 죽일 것처럼.

『눈』도 그 자리에서 도망치지 않았다면 그렇게 되었으리라는 확신이 있었다.

목이 베었을 때의 그 오싹한 감촉은 아직도 선명하게 떠올릴 수 있으니까.

'하지만 왜 이런 일을…… 역시, 아직 안 들켰나?'

『눈』이 그렇게 생각한 순간, 녹색 인간은 이빨을 번쩍 드러내며 말했다.

"이번에는 놓치지 않는다, 어디까지든 쫓아가서 죽여주지."

'아니, 틀림없이 들켰어!'

『눈』은 자신의 몸이, 자신의 의사에 반하여 떨리는 것을 느꼈다.

말에서 결의가 배어나왔다. 실제로『눈』은 아주 간단히 죽을 뻔했고, 지금 바로 몰려 있었다.

이 녹색 인간은 할 것이다. 할 수 있으니까.

다른 대륙에 있는 옛날 둥지로 날아서 도망치더라도 틀림없이 이 녹색 인간은 쫓아올 것이다.

왜 그렇게까지 결의에 찼는지, 전혀 알 수가 없지만…….

아니, 짚이는 바는 있었다.

『눈』은, 친구인『뼈』가 죽었을 때에는 슬픔과 분노에 사로잡혀 인간을 마구 죽였다. 같은 드래곤을 상대로 동료 의식이 희박한 『눈』조차 그랬던 것이다. 무리 지어 행동하는 인간이라면 당연히 화를 낼 것이다.

『눈』의 입장에서는 브레스 한 번으로 얼마든지 죽어가는 인간도, 인간들에게는 소중한 동료이니까.

'하지만 왜 바로 죽이지 않아……?'

『눈』은 곤혹스러워서 머리가 혼란스러웠다.

녹색 인간은 아마도『눈』이 조금 전에 싸운 드래곤임을 알고 있을 터.

『뉴트』를 사용해서 작은 인간과 같은 모습이 되었음을 알고 있을 터.

그렇지 않다면 굳이 이런 살의를 흩뿌리며 죽이겠다고 선언한 필요는 없으니까.

'어째서…… 어째서……?'

바고 죽이지 않는 이유는 전혀 알 수가 없지만, 적어도 마지막에는 살해당할 것이다.

『눈』의 생존 본능이 상황을 타파하고자 뇌를 필사적으로 풀 회전시키기 시작했다.

'어떻게든, 어떻게든 해야…… 죽고 싶지 않아…….'

살아남기 위해서는 어떻게든 이 녹색 인간을 어디론가 보내버려야만 한다. 하지만 이 녹색 인간은 『눈』을 반드시 죽일 생각인 듯했다.

그렇다면 어떻게든 설득해서 그 생각을 포기하도록 만들어야만 한다.

'어떻게……?'

인간의 대화를 만족스럽게 할 수 없는 『눈』이 설득?

애당초 어째서 바로 죽이지 않는 것인지도 알 수가 없는데?

드래곤은 높은 지능을 가지고 있다. 다행히도 『눈』은 『뼈』라는 친구가 있었던 덕분에 인간의 말을 이해할 수도 있었다.

조금뿐이라면 대화도 가능할 것이다. 하지만 대화의 미묘한 느낌까지 파악하지는 못한다.

설득 같은 고도의 행위, 할 수 있을 리가 없다.

하지만 그럼에도 해야만 한다.

그러나 설득에 실패한다면 녹색 인간의 말 그대로인 결말을 맞이하게 될 터.

어쩌면 기분에 거슬리는 말을 하는 것만으로도⋯⋯.

'무리야⋯⋯.'

싸울 수 없다, 도망칠 수 없다, 설득도 할 수 없다.

그렇다면 이제는 그저 떨면서 고개를 숙일 수밖에 없었다.

부디, 부디 목숨만큼은 살려주세요. 혹시 내 정체를 못 알아차렸다면 그대로 그냥 이곳에서 떠나주세요.

그렇게 기도하며 입을 다물고 있었더니 녹색 인간이 말했다.

"말해두겠다만, 나는 전에도 드래곤을 죽인 적이 있다. 이곳의 드래곤도 마찬가지로 죽여주겠다."

"윽!"

어쩌면 이 녹색 인간은 전부 다 알고서 희롱하려는 것일지도 모른다.

『눈』의 정체도, 어째서 이런 모습인지도⋯⋯.

드래곤의 무참한 모습을 더더욱 길게 즐기려는 것일지도 모른다.

전에 『뼈』한테 그런 인간이 있다고 들은 적이 있었다.

그것을 듣고 시험 삼아서 점심 식사인 사슴을 가지고 놀아봤더니 무척 즐거웠던 것도 기억한다.

그것을 떠올렸을 때, 『눈』의 온몸은 공포로 지배당했다. 결국에 자신이 살아남을 길 따위는 없고, 죽을 수밖에 없는 것이다. 자신은 희롱하던 사냥감을 한 번도 보내준 적은 없으니까.

하지만 그때 문득, 사고 한구석에 녹색 인간의 말이 걸렸다.

그러고 보니 기절하기 전에도 말했다.

"······전에도?"

공포로 목이 떨렸지만, 인간이 된 덕분인지 인간의 말을 더 간단히 입 밖으로 꺼낼 수 있었다.

한기가 드는 강렬한 시선이 자신에게 쏟아지는 것을 알 수 있었다.

녹색 인간을 흘끗 봤다.

자신이 작아진 탓인지, 아니면 『뉴트』로 인간이 된 탓인지, 그의 얼굴은 전설 속의 악룡 같이 무시무시한 풍모로 보였다.

하지만 딱히 화낼 법한 이야기는 하지 않았을 터.

"음, 그래. 나는, 전에도 드래곤을 죽였다."

번쩍, 녹색 인간의 이빨이 빛났다.

저 이빨로 물어뜯기는 것일까 한순간 생각했지만 그럴 리는 없었다.

등에 짊어진 검 쪽이다. 틀림없이.

"어, 어떻게?"

그렇게 묻자 녹색 인간은 옆의 작은 인간에게 눈짓을 했다.

작은 인간은 그것을 보고 고개를 끄덕였다.

'······이 녀석인가?'

진즉에 자신의 정체는 들켰고, 녹색 인간은 자신을 죽이려 하는 것일지도 모른다.

죽는 것은 무섭다. 드래곤이라면 다들 무서울 것이다.

자신이 죽는다니, 살면서 한 번도 생각한 적 없는 일이다.

갑자기 찾아온 죽음이 눈앞으로 들이닥친 것을 안다면 어떤 드래곤이라도 공포에 움츠러들 것이다.

'이 녀석이, 『뼈』를 죽였어?'

하지만 그럼에도 알고 싶다는 기분이 앞섰다. 아니, 바로 그렇기 때문이라고 해야 할지도 모른다. 죽는다면 적어도 알고 싶은 것을 안 다음에, 죽고 싶다고.

"레미엄 고지에서 있었던 일이다."

그리고 녹색 인간은 이야기를 시작했다.

어흠, 헛기침을 하고, 살짝 말투와 목소리를 바꾸어서.

"그때 나는 오크군의 선봉으로서 전투에 참가하고 있었다. 그야말로 선두에. 다만 그 자리에 있던 오크라면 입을 모아서, 자신이야말로 선두에 서서 공을 세웠다고 그러겠지. 그만큼의 격전이었다. 살아남은 것만으로 자랑스러울 정도로 말이다."

참고로 『눈』은 모르는 일이지만, 레미엄 고지 결전에서 처음으로 적군과 부딪친 오크 생존자는 절대로 자신을 그렇게 선전하지 않는다.

누가 가장 먼저 적진을 돌파했는지, 진정으로 선두에 서서 싸운 것이 누구인지, 누가 가장 처음으로 적 거물의 목을 베었는지, 그 자리에 있던 자라면 알고 있으니까.

스스로를 그렇게 선정하는 오크는 그 자리에 없었던 자, 혹은 정말로 그렇게 활약했던 자뿐인 것이다.

"우리는 우세했다. 눈 깜짝할 사이에 휴먼 군대를 밀어붙이고 멀리 보이는 왕족의 깃발을 향해 진군했다. 처음에 나타난 남자는 『자비의 기사』 게이리드 벡클."

"『자비의 기사』라면 포로를 잡지 않는 것으로 유명한 녀석이에요! 눈앞에 나타난 적은 어떤 녀석이든 몰살시키는, 진짜 살인광이죠! 데몬이라면 아실 거라 생각하지만, 이 녀석한테 죽은 전사는 셀 수가 없다고요!"

"그렇군. 하지만 말까지 그렇지는 않았다. 내가 워크라이를 터뜨리자 녀석의 말은 겁먹고 앞발을 들었다. 녀석도 여간내기가 아니어서, 그 반동을 이용하듯이 위에서 나를 덮쳤다! 나는 검을 들어 올리고 맞받아쳤다!"

"어, 어떻게 됐나요?!"

"둘로 쪼갰다."

"당연하죠! 어떤 좋은 갑옷이든 당신의 검에 걸리면 상반신과 하반신이 작별하는 건가요!"

"뭘 착각하는 거지?"

"어?"

"당연히 좌우로 갈라진 것이다."

"휘이—!"

『눈』은 그 이야기를 듣고 고개를 갸웃거렸다.

'어라, 『뼈』 이야기라고 생각했는데, 『뼈』가 안 나와.'

그러기는커녕 드래곤조차 나오지 않았다.

인간들끼리 싸운 이야기였다.

"드래곤, 은?"

"자자자자잠깐! 너무 재촉하면 안 된다고요! 레미엄 고지 결전이라면, 우선은 오크와 휴먼의 충돌부터니까요! 이제 이름 있는 휴먼만 나오니까, 우선은 그걸 즐기는 거예요! 이야기는 순서라는 게 있다고요! 순서! 정말이지―, 그걸 모르네요!"

"???"

『눈』으로서는 잘 알 수 없는 이야기였다.

하지만 어쨌든 『눈』한테 이야기를 멈출 이유 따위는 없었다.

어쩌면 의미가 있는 이야기일지도 모른다. 『뼈』도 다양한 이야기를 해주었는데, 서두가 없으면 알 수 없는 이야기도 있었으니까 틀림없이 그것이리라.

"……알았어."

"그래그래, 그럼 잘 들어요! 자자, 당신. 계속해서 이야기해 주세요!"

"그래, 게이리드를 쓰러뜨린 나는――."

이리하여 배시가 그저 자랑을 늘어놓은 시간이 시작되었다.

혹시 이곳에 젊은 오크들이 있었다면 누구라도 부러워할 최고의 시간이.

드래곤에게는 태어나서 처음 겪는 기묘한 시간이.

◆

드래곤은 수십 년에 한 번, 알을 하나 낳는다.

알에서 태어난 아이는 하늘을 날 수 있게 될 때까지 어미 드래곤이 키운다.

『눈』이 『뼈』와 만난 것은, 『눈』이 날 수 있게 되고 얼마 안 되었

을 무렵.

독립하여 어미 드래곤과 헤어지고, 아직 판단력이 없던 시절의 일이었다.

『눈』은 갈 곳도 없었지만 드래곤답게 의기양양하게 하늘을 날고 있었다.

드래곤은 그렇게 하늘을 날고, 날다가 질리거나 편한 장소를 발견하면 그곳에 둥지를 만드는 것이었다.

누구한테 배우지 않더라도 본능적으로 그렇게 한다.

『눈』도 예외가 아니라서, 편한 장소를 찾아서 그곳을 둥지로 삼으려고 생각했다.

하지만 어느 드래곤에게 편한 장소라는 것은, 다른 드래곤에게도 편한 장소이기도 했다.

『눈』이 둥지로 삼자고 생각하던 장소는 『뼈』의 영역이었다.

드래곤은 영역 의식이 강한 생물이다.

본래라면 다른 드래곤의 영역으로 들어가기 전에 흔적을 발견하여 그곳을 피한다.

아직 어렸던 『눈』은 그것을 알아차리지 못했다.

그렇기에 벌어진 사고라고 할 수 있었다.

드래곤의, 특히 어린 개체가 비교적 빈번하게 일으키는 사고였다.

드래곤이 다른 개체의 영역으로 들어간 경우, 두 가지 패턴이 있을 수 있다.

하나는 영역 다툼이 벌어지는 패턴이다. 싸움이 시작되고, 이긴 쪽이 그 일대를 지배한다.

또 하나는 짝이 되는 패턴이다.

드래곤이 서로 이성이었을 경우, 한동안 함께 살며 아이를 만드는 것이다.

그것이 끝날 경우, 수컷이 영역에서 나간다.

그 두 종류밖에 없다.

하지만 『눈』이 『뼈』의 영역에 들어갔을 때, 그 두 패턴 모두 벌어지지 않았다.

『뼈』는 세상에나, 자신의 영역으로 들어온 어리석은 젊은이에게 인사를 하러 온 것이었다.

시비조가 아니라 부드러운 말투로.

"전부터 이 부근에 살고 있다. 사이좋게 지내자"라고.

아무것도 모르는 『눈』은 그것을 듣고 "예, 잘 부탁합니다"라고만 답했다. 그런 법이라고 생각했던 것이다. 어쩌면 『눈』이 적대적인 행동을 취하지 않았으니까 『뼈』도 맥이 빠졌을 뿐일지도 모르지만.

여하튼 그 후로 두 마리는 한동안 공동생활을 보냈다.

『뼈』는 『눈』을 이따금 만나러 왔다.

때로는 식량을 가지고, 때로는 빈손으로.

날아올 때가 많았지만 가끔은 지상에서 왔다. 단 하나 공통되던 것은, 『눈』이 있는 것으로 온 『뼈』는 무언가 이야기를 하고 갔다는 것이었다.

그것은 『뼈』가 좋아하는 인간의 이야기거나, 드래곤의 생활 지식이거나…….

인간 사회로 말하자면 세상 이야기라는 것이었지만, 『눈』에게는 살아가기 위한 지식의 보고였다.

『눈』은 본래라면 수백 년에 걸쳐서 독학으로 배우는 드래곤의 상식을 『뼈』에게서 배운 것이었다.

『뼈』는 상식만이 아니라 많은 것을 가르쳐주었다.

다른 생물이나 인간 이야기, 세계 각지에 흩어진 신기한 물체 이야기…….

틀림없이 다른 드래곤이 모르는 것을 잔뜩 알고 있었으리라.

『뼈』는 호기심이 강한 드래곤이었으니까.

다만 『눈』은 그것을 반쯤 흘려들었다.

대부분은 흥미가 없었으니까.

다만 『뼈』는 좋아했다. 기분이 내키면 반대로 자기 쪽에서 『뼈』가 있는 곳으로 놀러 가거나, 『뼈』가 언제라도 올 수 있도록 둥지에 공간을 만들어둘 정도로는.

어미나 짝과는 다르지만, 인간으로 말하자면 가족에 가까운 감정을 품고 있던 것은 틀림없다.

나이 차이가 많이 나는 언니나 사촌언니, 숙모 같은 존재였을까.

그런 『뼈』는, 어느 날 죽었다.

맥없이. 살해당했다.

조그마한 인간 따위에게.

『눈』은 슬픔과 분노에 지배당했다.

인간 따위는 모조리 죽여주겠다고 생각했다.

특히 『뼈』를 죽인 인간을 발견한다면, 공들여서 괴롭혀주자고 생각했다.

태어난 이후로 한 번도 느낀 적이 없는, 강한 살의였다.

그만큼 『눈』은 『뼈』가 죽었을 때에 슬퍼했던 것이다.

장소를 개의치 않고 인간을 발견해서는 덮쳤을 정도로.

그것은 복수로도 보이지만…… 결국에는 그저 분풀이였을 것이다.

분풀이는, 금세 질렸다.

딱히 인간을 죽인다고 『뼈』가 돌아오는 것도 아니고, 애당초 인간 대부분은 『뼈』에 대해서 알지도 못하는 모양이고, 그리고 인간이 끈질기게 복수를 하러 오는 것이 귀찮아서 그런 것도 있었다.

다만 흥미만큼은 죽지 않았다.

그렇다, 흥미를 가진 것이다.

인간 전체가 아니었다.

『뼈』를 죽인 인간에 대해서.

찾고 있던 것은 아니지만, 발견할 수 있다고 생각하지도 않았다.

하지만, 오늘 발견했다.

발견했다고 생각했더니, 자랑스럽게 『뼈』를 죽인 이야기를 하겠다고 한다.

『눈』은 그 이야기를 들은 자신이 어떤 감정을 느낄지 상상도 가지 않았다.

9. 프러포즈

"녀석이 모습을 드러냈을 때, 나는 『검은 소두』 버밍엄과 상대하던 참이었다."

"누군가가 말했다. 봐라, 위라고."

"올려다보니 그곳에는 위용이 있었다. 붉은 비늘을 번쩍이고, 불길과 공포와 죽음을 흩뿌리며 날아다니는 드래곤이었다."

"아무리 용감한 오크들이라도, 그것을 보고 공포에 몸을 움츠리지 않는 자는 없었다. 나도 예외가 아니었다. 적을 앞에 두고서 몸이 굳어진 것은, 신병 때 이후로 처음 겪는 일이었다."

"도망치자고 생각했을지도 모르겠군. 저런 것에게 이길 수 있을 리가 없다고. 하지만 정신이 들었을 때에는, 나는 땅바닥에 쓰러져 있었다. 드래곤의 브레스 근처에는, 눈에 보이지 않는 독 같은 무언가가 뿌려지는 것이다."

"나는 죽었다고 생각했다. 죽음이란 이런 것인가, 아직 죽을 수는 없다, 싸워야만 한다. 그렇게 생각하면서도 의식을 유지할 수가 없었다."

"눈을 떴을 때, 시간은 그렇게 지나지 않았지만 상황은 돌변해 있었다. 드래곤이 지상으로 내려와서 날뛰고 있었으니까."

"참으로 용맹하고, 참으로 위대하고, 참으로 압도적이고, 참으로 강력한 존재이리라 생각했다."

"이길 수 있다는 생각 따윈 들지 않았다. 그런 차원의 상대로는 보이지 않았다."

"하지만 나는 검을 주워 들고 드래곤을 향해 걸어갔다."

"왜? 그건 당연하다. 나는 명예로운 전사. 긍지 높은 오크니까."

"이리저리 도망치다가 죽는 것이 아니라 맞서 싸우다가 죽어야 한다고 생각했다. 그것이야말로 명예로운 오크의 행동이라고 생각했던 것이다."

"드래곤 앞으로 이동했을 때, 그 눈동자가 내 모습을 포착한 것을 알았다."

"나는 검을 들어 올리고 포효를 내질렀다. 워크라이다. 살면서 그렇게나 목소리를 높인 적은, 그때까지 없었을지도 모르겠군."

"그다음부터는 그저 정신이 없었다. 발톱은 스친 것만으로 갑옷과 함께 내 살점을 찢고, 이빨은 걸린 것만으로 내 몸을 둘로 쪼개어놓겠지. 브레스는 말할 필요도 없다. 죽자사자 싸웠다."

"승산이 보인 것은, 목에 일격을 가했을 때였다. 비늘을 찢고 피가 뿜어 나왔을 때, 저기를 잘라낼 수 있겠다고 생각했다."

"이길 수 있다고 생각하진 않았다. 그저 잘라낼 수 있겠다고 생각했다."

"드래곤도 깨달았을 테지. 목을 더욱 경계하고, 나는 드래곤에게 다가가는 것이 힘들어졌다."

"오크나 오거, 데몬들이 드래곤을 포위하지 않았다면, 틀림없이 내가 죽거나, 혹은 드래곤이 도망쳤을지도 모른다."

"나는 발톱을 부수고, 코끝을 뭉개고, 브레스를 돌아 들어가서 피하고⋯⋯ 그리고 목에 검을 휘둘렀다."

"검이 목에 박혔을 때의 감촉은 기억하고 있다. 드래곤이 내 쪽을 봤을 때, 그 눈빛도 기억한다. 나는 드래곤의 눈에서 빛이 사라질 때까지, 드래곤과 시선을 주고받았다."

"드래곤이 무슨 생각을 했는지는 알 수 없다. 하지만 내게는, 찬사의 빛이 있었던 것처럼 여겨졌다."

"잘도 나를 쓰러뜨렸다고, 긍지로 여기라고."

"동시에 주변에서 함성이 터져 나왔다."

"오크만이 아니었다. 데몬도 오거도, 함께 싸우던 이들 모두가 내게 찬사를 퍼부었다. 저 데몬이나 오거가 말이다."

"그만큼의 달성감과 그만큼의 영예를 느낀 적은 없다. 바로 그것이야말로 긍지, 그것이야말로 명예인 것이다."

"혹시 저 드래곤을 쓰러뜨리지 못했다면, 나는『오크 히어로』라고 불리는 일은 없었을 테지."

"드래곤과 싸우고 살아남은 것은, 내게는 최고의 명예다."

『배시』의 이야기를『눈』은 조용히 듣고 있었다.

가족이나 마찬가지였던『뼈』의 죽음.

『배시』의 입에서 흘러나오는 그것은 위대한 드래곤과의 사투였다.

드래곤을 쓰러뜨리고 큰 명예를 손에 넣었다고, 자랑스럽게 가슴을 펴는『배시』를 보고『눈』은 입을 열었다.

"그래서?"

그 말에『배시』는 당황한 듯『눈』을 봤다.

"……그래서, 말인가?"

"그리고, 어떻게 했어?"

『눈』의 발언에『배시』는 조금 당황한 듯『젤』을 봤다.

『젤』은『배시』의 귓가에 무언가를 속삭이고, 『배시』는 "아"라고 중얼거리더니 말을 이었다.

"……그리고 휴먼 군대가 밀려들어 난전이 시작되었다. 그런 가운데, 내 귀에 이런 목소리가 날아들었다.『데몬의 본진이 기습을 받고 있다』라고. 그것을 들은 나는――."

『눈』은『배시』의 이야기를 들었다.

이야기의 흐름이『뼈』와 관계가 없어졌어도『눈』은 이야기를 계속 들었다.

그저 담담히 이야기를 들었다. 말은 이해한다. 의미도 내용도 이해한다.

그저『눈』은『배시』의 이야기를 듣고 있었다.

◆

"나는 움막 안에서 죽음을 각오했다. 엘프 대마도사와는 비겼지만 이쪽은 혼자, 상대에게는 동료가 있었다. 움막 밖에서는 엘프가 내지르는 노성과 함께 마법의 불빛도 흘끗흘끗 보였다. 나는 당장에라도 들킬 테고, 대마도사도 곧 상처를 치유하고 마력을 회복해서 추격할 것이라고. 하지만 그때 기적이 일어났다. 페어리 하나가 전화 가운데, 나를 구하러 와주었다."

"그래요, 그러니까 그게 바로 나!"

배시의 이야기는 끝나지 않았다.

계속 이어졌다. 『눈』이 계속하라고 했다.

배시가 이야기를 마치려고 할 때마다 『눈』이 "그래서?" "그다음은?" 하는 말로 끝내주지를 않았다.

"그리고 『젤』의 가루로 상처를 치유한 나는, 간발의 차로 엘프의 포위망을 돌파해서 탈출한 것이다."

배시의 자랑은, 오크 안에서는 그다지 능숙한 편이 아니라 여겨진다.

오크의 자랑이라는 것은 기본적으로 내용을 부풀린다.

자신의 전과를 과장스럽게 이야기하고 상대를 왜소한 존재로 폄하하는 것이 일반적인 이야기 테크닉이다.

작은 도마뱀을 "엄청나게 커다란 드래곤"이라고 하거나, 울먹이며 주먹을 휘두른 끝에 올린 신승을 "간단히 이겼다"라고 우기거나, 그 끝에 얻은 어중이떠중이 여자 병사를 절세의 미녀라고 말해서 오크들은 자신을 크게 과시하는 것이다.

하지만 배시에게는 그럴 필요가 없었다.

배시가 쓰러뜨린 것은 언제나 엄청나게 커다란 드래곤이나 각국에서 영웅으로 추대되는 존재였다. 설령 울먹이며 주먹을 휘둘렀을지라도, 그것은 배시 정도의 전사를 몰아붙일 수 있을 강적임에 틀림없다.

사실을 이야기하는 편이 도리어 배시라는 존재를 크게 보이도록 만들었다.

이러니 일반적인 이야기 테크닉이 늘어날 리도 없었다.

겸사겸사 말하자면, 배시에게는 이야기를 마무리할 "여자를 손에 넣은 에피소드"가 존재하지 않는다.

그렇기에 배시가 이야기할 때는, 자연스럽게 더 다른 부분에 힘이 실린다.

그것은 전투 내용이었다.

"선더 소니아와 싸우고 살아남을 수 있었던 것은, 내게는 더 없는 명예다."

그리고 배시의 이야기는 반드시 그런 말로 마무리된다.

감개무량하게, 자랑스럽게 들리는 그 목소리는 듣는 사람의 마음을 떨리게 만들었다.

긍지와 명예. 그것이 얼마나 오크에게 중요한 것인지를 실감하기에 너무나도 충분한 이야기인 것이다.

오크로서는 부족할지도 모르겠지만⋯⋯ 드래곤인 『눈』에게는 관계없었다.

"그다음은?"

그런 배시의 이야기를 들으며 『눈』은 떠올리는 것이었다.

『뼈』가 이야기하는 방법을. 담담하고 설명조인 이야기.

어디가 재미있는지 영 알 수가 없는 이야기. 마치 교수가 학생에게 이야기하는 것 같은, 듣고 있으면 졸리는 『뼈』의 이야기.

"⋯⋯어, 음. 물론 전투는 그것으로 끝이 아니었다."

"그래요. 엘프 대마도사 선더 소니아와의 전투를 다행히도 빠져나와서 귀환한 우리가 본 것은, 저 난공불락인 요새의 든든한 성벽이 아니었어요⋯⋯."

"불길이었다. 진지로 돌아왔을 때, 이미 본진은 엘프의 습격으로 파괴된 상태였다."

"……."

그런 『뼈』와 비교해서 배시가 이야기하는 말투에는 현장감이 넘쳐났다.

자신이 보고 듣고 체험한 것을, 감정 그대로 이야기했다.

게다가 이따금 『젤』의 맞장구가 들어가는 덕분에 고조되는 장면을 쉽게 알 수 있었다.

『눈』에게는 처음 경험하는 엔터테인먼트라고 부를 것이었다고 할 수 있으리라.

그러니까 결론을 말하자면,

'재미있어! 이다음, 어떻게 되는 걸까?!'

『눈』은 엄청나게 즐기고 있었다.

◆

"그다음은?"

"……이것으로 끝이다. 전쟁은 끝났다. 우리는 패배했다."

"그래요…… 졌어요……."

그 후, 『배시』의 이야기는 종전까지 이어졌다.

마지막은 살짝 답답해지고 젤도 어쩐지 기운을 잃었지만, 『눈』은 충분히 그 이야기를 즐겼다.

『배시』라는 인간의 영웅담을 실컷 즐겼다.

"끝, 이야?"

끝이라는 것은 슬프지만, 어쩔 수 없다.

이야기에는 끝이 있는 법이라고 『뼈』도 말했다.

하지만 이야기는 충분했다고 할 수 있을 것이다. 『눈』은 『배시』의 이야기에서 하나의 결론을 이끌어냈으니까.

"너, 명예로운, 전사, 인가."

"음. 그렇다고 생각한다."

"너, 죽인 전사, 다들, 명예로운, 전사구나."

"그렇군. 전부 명예로운 전사였다."

『눈』은 명예가 무엇인지 몰랐지만 『배시』의 이야기 안에서 학습했다.

인간이란 명예를 중시하는 생물이라고.

명예라는 것은 말로 설명하기는 힘들지만, 인간은 명예를 위해서 싸우고 명예를 자랑한다.

그리고 명예라는 것은 상대가 강하면 강할수록 무거워지는 것이다.

무거운 명예를 가진 적을 쓰러뜨렸을 때, 자신이 가진 명예는 더욱 무거워진다.

명예는 무거우면 무거울수록 인간으로서의 가치가 올라가는 것이다.

그리고 그 법칙은 다른 생물에게도 적용된다.

예를 들면, 드래곤은 무거운 명예를 가졌다고 할 수 있을 것이다.

드래곤은 수많은 인간을 간단히 죽일 수 있다. 그러니까 드래곤을 쓰러뜨리는 것은 바로 큰 명예를 얻는 것이다.

"명예, 인가."

『배시』는 『뼈』를 죽이고 큰 명예를 얻었다.

『배시』는 말했다. 『뼈』를 죽인 덕분에 『오크 히어로』라 불리는 존재가 되었다고.

『명예』.

그것은 『눈』의 가치관을 크게 바꾸는 개념이었다.

『눈』은 죽음을 의미가 없는 일이라고 생각했다.

왜냐면 『눈』 자신이 다른 생물의 죽음을 의미가 없는 일로 취급했으니까.

벌레든 짐승이든 인간이든, 식량으로만 보았다.

그 이상의 가치 따위는 없었고, 그 녀석들이 죽더라도 마음이 움직이는 일은 없었다.

그러니까 죽는 것이 무서웠다.

스스로는 깨닫지 못했고 말로 할 수도 없었지만, 그런 어중이떠중이와 똑같이 이제까지 자신이 살았던 생애가 가치 없는 일이라 단정되는 것이 싫었다.

하지만 『배시』의 이야기를 듣고서 알게 된 것이었다.

죽음에는 의미가 있다.

강한 자가 더욱 강한 자를 쓰러뜨렸을 때, 명예로서 남는 것이라고.

『뼈』를 쓰러뜨린 『배시』는 명예로운 전사가 되었다.

『뼈』의 명예를 이어받은 것이다. 『뼈』는 『배시』가 살아있는 한,

그의 죽음이 무의미해지는 일은 없다. 『배시』가 누군가에게 죽더라도 『뼈』의 명예는 그 녀석 안에서 계속 살아갈 것이다.

그것은 자랑스러운 일이다. 무척 자랑스러운 일인 것이다.

이만큼 강한 인간이, 이만큼 자랑스럽게 이야기하는 것이다.

이것이야말로 긍지라고, 『눈』은 그렇게 생각했다.

혹시 『배시』가 『뼈』와의 싸움을 "나한테 걸리면 드래곤이라도 잔챙이다. 저건 드래곤이 아니라 그저 도마뱀이다. 앗핫핫" 같은 식으로 평가했다면…… 그렇게 생각하지는 않았을 것이다.

틀림없이 『눈』은 참지 못했을 터.

드래곤에게 긍지나 명예라는 개념은 없지만 작은 존재인 인간이 『뼈』를 바보 취급했다면, 『눈』은 표현할 수 없는 분노에 사로잡혔을 것이다.

자신이 바라지도 않은 전쟁에서 왜소한 인간에게 걸려 땅바닥으로 끌려 내려와서는 목이 잘리고, 살과 뼈는 대부분 떼어내서 시답잖은 전쟁의 도구로 사용되었다고, 그렇게 인식했다면 『눈』은 배시를 용서하지 못했을 것이다.

어렵게 설명했지만, 간단한 이야기다.

『눈』은 태어나서 처음으로 들은 영웅담에 그만 가슴이 두근거리고 만 것이었다.

"너, 드래곤 죽이고, 『명예』, 얻었어."

"음. 그렇다."

자신만만하게 끄덕이는 『배시』를 보자 『눈』 역시도 자랑스러워졌다.

"나, 는……."

그리고 동시에 생각하는 것이었다.

자신은, 하고. 자신은 과연 어떨까.

싸우는 도중에 도망쳐서『뉴트』로 변신하여 숨고는 넘어가려고 하는, 자신은. 자신의 명예는.

이제까지의 삶에서 명예 같은 개념은 존재하지 않았다.

하지만 깨닫고 말았더니 의식할 수밖에 없었다.

자신의 명예를.

"『배시』."

"음."

『눈』이 부르자,『배시』는『눈』쪽으로 시선을 향했다.

번쩍이는 시선이었다. 이야기를 하던 때와는 크게 달랐다. 굳이 말하면 자신을 덮치던 때에 가까운 눈이었다. 살의와는 조금 다른 것도 같지만……『눈』은 그것을 살의가 있는 시선이라 생각했다.

『눈』은 총명. 그렇기에 알고 있었다.

『배시』는 수많은 전투를 헤쳐 나온 일류 전사다.

휴먼 마법사의 위장 마법도 깨뜨렸고, 비스트 전사의 의태도 간파했다.

저 엘프 대마도사의 마법도 번번이 박살 냈다.

그러니까 틀림없이 처음부터 알아차렸을 것이다.

『눈』의 조잡한 마법 따위는 꿰뚫어 봤을 것이다.

그러니까『눈』의 정체가 드래곤이라는 것을.

왜 죽이지 않았느냐는 의문의 해답이, 그곳에 있었다.

그러니까『배시』는『눈』이 도망쳐서 인간의 모습으로 나타났을 때, 실망한 것이었다.

이렇게나 불명예스러운 드래곤이 있었느냐고.

그렇기에『눈』을 상대로,『뼈』를 시작으로 하여 여러 긍지 높은 전사들의 이야기를 하는 것으로, 이렇게 묻는 것이었다.

너는, 그래도 괜찮겠느냐.

네 명예를, 그것으로 지킬 수 있겠느냐.

"너, 어떻게든,『명예』지키고 싶은, 거야?"

"응? 음, 나는 어떠한 일이 있더라도 오크의 명예를 지킬 것이다."

"명예를 지키기 위해, 드래곤, 죽일, 거야?"

"음? 음, 널 위해서 죽이겠다."

"죽고 싶지 않아……."

"응? 그렇겠지."

하지만『눈』의 본심은 변함이 없었다.

죽고 싶지 않다.

아무리 자신의 죽음이『배시』의 명예가 된다고 들어도, 역시나 죽는 것은 무서웠다.

『배시』나,『배시』의 이야기에 나온 전사들과 같이 용감하고 명예로운 전사가 될 수는 없을 것 같았다.

"아까, 드래곤, 도망쳤어."

애당초『눈』안에서는 이미 승부가 정해진 것이었다.

『눈』은 패배하고『뉴트』마법까지 사용해서 목숨을 구걸하고 있었다.

그것이 해답이 아닐까.

"이미, 이겼어, 아냐?"

"드래곤은, 그렇게 무른 상대가 아니다."

『눈』도『배시』가 그렇게 말해주는 것은 기쁘지만, 과대평가였다.

『눈』은『배시』와 싸우는 것에 잔뜩 겁을 먹었고, 가능하다면 지금 당장 도망치고 싶었다.

『명예』는 확실히 동경하고, 자랑스럽게 죽는 모습에 흥미도 있었다.

하지만, 그래도…….

"어떻게 하면, 죽이는 거 말고, 명예 지킬 수 있어?"

그럼에도 죽고 싶지는 않았다. 한심해서 울고 싶어질 정도로, 죽고 싶지 않았다.

"드래곤을 죽이지 않고…… 내 명예를 말인가?"

"……응."

『배시』는 더없이 험악한 표정으로 눈을 감았다.

무언가 생각하는 것 같은 모습에『눈』은 불안을 감추지 못했다.

그때『젤』이『배시』의 귀로 다가가서 소곤소곤 무언가를 귓속말했다.『눈』의 불안은 강해졌다.

이런 불명예스러운 도마뱀 얼른 죽여버리죠, 틀림없이 그런 말을 했을 것이다.

조금 전의 이야기에서도 그런 장면이 있었으니까.

"......."

이윽고 이야기가 끝났는지 『배시』는 『눈』을 똑바로 바라봤다.

역시 죽이는 것일까. 명예도 없는 상대를 죽여봐야 대단한 명예가 되지는 않겠지만, 그런 상대도 『배시』는 이제까지 쓰러뜨렸던 것이다.

아까 본인이 그렇게 말했으니까 틀림없다.

"내 명예는."

"......."

"너 같이 아름다운 여자를 아내로 삼는다면, 지킬 수 있겠지."

"......?"

갑자기 잘 모르는 개념이 나왔다.

아내.

아내란 무엇일까.

"아내?"

"그래, 내 아내가 되어 아이를 낳아줬으면 한다."

아이를 낳는다. 그것으로 똑똑한 『눈』은 알 수 있었다.

아내란 짝을 말한다.

"나를, 아내로 삼아서, 짝이 되어서, 명예를 지키는 거, 왜?"

"평범한 오크는 너희를 아내로 삼는 일 따윈, 생애 전부를 걸더라도 불가능하다. 너를 아내로 삼아서 아이를 만들 수 있다면, 나는 오크 중에서도 특별히 뛰어난 자로서 길이길이 전해지겠지. 오크가 멸망하는 그날까지."

"......."

"네게는 오크의 아내가 되는 건 굴욕일지도 모르겠지만……."

그렇구나, 『눈』은 생각했다.

드래곤에게 전해지는 이야기에서는, 『뉴트』 마법을 사용한 뒤에는 그 상대와 아이를 만들 때가 많았다. 저 『뼈』도 그랬다.

하지만 『뼈』는 딱히 위기 상황에 몰려서 『뉴트』를 사용한 것이 아니고, 『뼈』 자신이 인간과 아이를 만들고 싶다며 바라던 것도 아닌 듯했다.

하지만 인간과 아이를 만들었다.

왜 『뉴트』를 사용하면 상대와 아이를 만들 수 있는 것인가? 『눈』은 전부터 그런 의문을 갖고 있었지만…….

이것이다.

지금 『배시』의 이 말이야말로, 해답이었던 것이다.

상대가 원하는 것이다.

인간에게 드래곤과 짝이 되는 것은 더없이 무거운 명예를 획득하는 행위일 것이다. 드래곤을 죽이는 것보다도.

갑자기 짝이 되자고 제안하지 않았던 것은, 『눈』의 명예를 걱정해서 그럴 것이다.

확실히 드래곤이 왜소한 인간과 짝이 되는 것은 불명예스러운 일이다.

적어도 며칠 전의 『눈』이라면 확실히 싫어했을 것이다.

드래곤에게 명예라는 개념이 없을지라도, 인간과 아이를 만들다니 당연히 싫다.

"……."

하지만 불명예스러운 지금이라면, 『눈』은 생각했다.

『뉴트』까지 써서 목숨을 구걸하고 명예를 지킬 기회까지 받았는데, 그것을 내던지고서 삶에 집착했던 것이다.

불명예든 뭐든 상관없다. 중요한 것은 살아남는 것이다.

게다가 『눈』은 명예를 배웠다.

『배시』는 명예로운 전사이고, 『눈』보다도 훨씬 강한 것이다. 그런 그의 짝이 된다는 것은, 『눈』에게는 도저히 불명예로 여겨지지는 않았다.

『뼈』도 옛날에 말했지만, 강한 개체가 강한 개체와 이어지는 것은 드래곤에게도 자주 있는 이야기다.

『눈』에게는 아직 그런 경험은 없다. 하지만 첫 상대가 『배시』라는 부분에 불쾌함이나 혐오감은 없었다. 『배시』가 자신보다도 강한 존재라고 인정하기도 했지만, 틀림없이 명예나 긍지에 대한 이야기를 들은 덕분일 것이다.

이미 『배시』는 『눈』이 동경하는 영웅이었다.

그렇다면 대답은 정해져 있었다.

"알았어. 나, 네 짝이, 될게."

그날, 처음으로 배시의 프러포즈가 성립되었다.

10. 퍼스트 키스

전투의 승패라는 것은 도중에 어찌어찌 알 수 있는 법이다.

승리인가 패배인가, 어느 쪽으로 기울기 시작했을 때에 분위기가 바뀌기 시작한다.

아군의 기세가 좋다든지 적이 겁먹은 모습이라든지, 사람은 그런 것을 민감하게 느낀다.

그리고 그렇게 느낀 분위기에 따라, 사람의 강함이라는 것은 바뀐다.

질 것 같다고 생각하면 죽음의 공포 탓에 주춤거리고, 이길 것 같다고 생각하면 공적을 원하여 기세가 강해진다.

그리고 그런 기세가 그대로 승패로 이어지는 일도 자주 있다.

배시 역시도 그런 전투의 추세를 피부로 느낀 적은 몇 번이나 있었다.

물론 그렇지 않을 때도 있지만, 이길 수 있을 것 같은 때는 거의 알 수 있었다.

이 전투는 이길 수 있겠다고.

물론 질 것 같을 때도…….

"……그래서?"

레미엄 고지 전장에서 드래곤을 쓰러뜨린 이야기를 했을 때, 여자는 그렇게 말했다.

이야기를 하기 전, 잔뜩 겁먹고 있던 그 표정은 사라져 있었다.

대신에 떠오른 것은 지극히 차가운 표정이었다.

가늘게 뜬 눈에 입술을 조금 벌리고, 살짝 비스듬히 올려다보듯이 배시를 보고 있었다.

아름다운 얼굴이지만 그 표정은 뭔가 다른 의미에서 가슴을 아프게 만드는 것이었다.

배시는 이런 표정을 본 적이 있었다.

무엇을 감추랴, 바로 오크의 나라에서 보았다. 어느 전사가 자랑을 늘어놓고, 그것이 너무나도 시답잖은 이야기였을 때에 오크들은 이런 표정을 지었다.

그리고 말하는 것이다.

"그래서?"라고.

네놈의 시시한 이야기에 끝이 대체 뭐냐? 라고.

"……그래서, 말인가?"

여자가 건넨 말은 그야말로 똑같은 말이었다.

설마 드래곤 토벌 이야기를 했는데 이렇게나 흥미 없다는 반응이 돌아올 줄은 몰랐다.

데몬 여자가 어떤 반응을 할지 상상도 하지 않았지만 적어도 뭔가 감정을 이끌어낼 수 있다고는 생각했다.

그 감정이 감탄인지, 혹은 모멸인지는 알 수 없었지만.

"그리고, 어떻게 했어?"

배시는 당황했다.

드래곤을 죽인 이야기를 해서 드래곤이 와도 괜찮다고 안심시키려 했는데, 설마 허풍이라고 여기는 것일까.

오크 사회에서 허풍은 촌스럽다고 여겨진다.

실제로 오크의 자랑은 부풀리는 것이 일반적이다.

다소 과장스럽게 이야기하더라도 오크는 바보라서 단순히 믿어버리니까.

아예 이야기하는 본인도 그것이 사실이라 생각하고서 이야기하니까 허풍이 아닌 것이다.

하지만 지나친 과장은 오크라도 의심스럽게 생각한다.

어라? 그건 아무리 그래도 무리 아냐?

그렇게 생각하고 만다면 듣는 쪽의 열기는 급격하게 식는다.

그렇게 된다면 그저 허풍이다. 자신의 역량에 맞지 않는 허풍을 늘어놓는 오크는 촌스럽다.

반대로 말하면, 사실을 이야기하는데도 불구하고 허풍이라 여겨지는 것은, 상대가 자신의 역량을 믿지 않는다는 증거라고도 할 수 있다.

싸움을 최고로 여기는 오크에게 이만한 굴욕은 없다.

"……그리고 휴먼 군대가 밀려들어 난전이 시작되었다. 그런 가운데, 내 귀에 이런 목소리가 날아들었다.『데몬의 본진이 기습을 받고 있다』라고, 그것을 들은 나는──."

그래서 배시는 드래곤 토벌 이야기에 이어서 자신의 전투 역사를 이야기했다.

용사 레토와의 싸움으로 시작하여 종전에 이르기까지 수많은 격전.

거의 한 적이 없는, 자기 자랑이었다.

상대 여자보다 오히려 중간부터 젤이 흥분하기 시작해서 모르는 이야기에는 감탄을, 아는 이야기에는 맞장구를 치며 보충해주었다.

그래서 무척 현장감 있는 이야기로 완성되었다고 할 수 있으리라.

"끝, 이야?"

그러나 그럼에도 여자의 태도는 차가웠다.

"너, 죽인 전사, 다들, 명예로운, 전사구나."

아무런 감정도 드러나지 않는 얼굴. 발성이 서투른 오거조차 조금 더 감정이 담겨 있을 억양 없는 말.

허풍 운운할 때가 아니었다.

배시의 이야기를 완전히 아무래도 상관없는 일로 받아들이는 것은 틀림없었다.

네가 쓰러뜨린 전사, 다들 명예로웠구나ㅡ, 호ㅡ, 굉장하네ㅡ, 그래? 마무리는? ⋯⋯그런 것이었다.

그렇다, 배시의 이야기에는 마무리가 없는 것이었다. 여자를 범한다는 최대의 절정이 빠져 있었다.

그래서? 뒤에 올 마무리를 이야기할 수가 없는 것이다.

아무리 현장감 있는 이야기를 할 수 있더라도 결국에는 50점.

그 50점도 드래곤 토벌을 만점으로 치자면 다른 전투는 기껏해야 40점대.

선더 소니아로 48점 정도일 것이다.

중간부터 배시도 이야기하면서 힘들었다.

자랑을 해도 이렇게나 쌀쌀맞은 반응이 돌아오니 견디지 못하겠다는 마음이 더 컸다.

자랑은 자신의 자신감을 재확인한다는 이유도 있을 터인데, 점점 자신감이 사라졌다. 자신이 동정이라는 사실이 무겁게 드리웠다.

그것은 배시가 오크의 나라에서 좀처럼 자랑을 하지 않았던 이유이기도 했다.

이렇게 되는 것이 두려웠던 것이다.

"너, 어떻게든, 『명예』 지키고 싶은, 거야?"

"응?"

데몬 여자의 차가운 시선이 배시를 압도했다.

이렇게 대화를 나누어주는 것은, 자신을 구해준 것에 대한 의무감 때문일 것이다.

그렇지 않다면 이런 감정이 담기지 않은 말을 꺼낼 리는 없다.

"음, 나는 어떠한 일이 있더라도 오크의 명예를 지킬 것이다."

"명예를 지키기 위해, 드래곤, 죽일, 거야?"

그렇지 않다면 자신을 향하는 시선에 이렇게나 감동이 없을 리가 없다.

흥미가 없는 것이다. 배시에게. 모멸할 가치조차 없다고 생각하는 것이다.

"음? 음, 널 위해서 죽이겠다."

"죽고 싶지 않아……."

"응? 그렇겠지."

대화가 좀처럼 맞물리지 않는 것은, 틀림없이 배시의 말 따위는 제대로 듣고 있지 않기 때문일 것이다.

배시는 대화의 미묘한 느낌까지 파악하지는 못하지만 어찌어찌 그런 것을 느끼고 있었다.

이 데몬 여자는 배시의 이야기를 듣고 있을 때에도 어딘가 건성으로, 배시 쪽을 보려고 하지도 않았다.

배시와 젤이 아무리 분위기를 끌어올리려고 목소리를 높여도 맞장구 하나 치지 않았다.

게다가 여자한테서 느껴지는 찌릿찌릿한 분위기…… 위압감과도 닮은 기척.

그것은 상위 여자 마족이나 상위 서큐버스와 상대할 때에 자주 느끼는 것이었다.

배시를 완전히, 그저 그곳에 존재하는 하등 생물이라고 보는 것이리라.

마음속으로는 틀림없이 다른 생각을 하고 있을 것이다.

"아까, 드래곤, 도망쳤어. 이미, 이겼어, 아냐?"

"드래곤은, 그렇게 무른 상대가 아니다."

여자는 배시가 드래곤과 싸우지 않도록 유도하는 것처럼 여겨졌다.

그것은 틀림없이 배시의 힘을 신용하지 않으니까 그럴 것이다.

생각해보면 이번에는 자신도 말려들어서 죽는다고 생각하는 것이리라.

조금 전까지의 이야기는 여자의 마음에 아무런 울림도 없었던 것이다.

그런 격전을, 전투의 나날을, 완전히 거짓말, 또는 아무래도 상관없는 일이라고 여기는 것이다. 굴욕이었다.

"어떻게 하면, 죽이는 거 말고, 명예 지킬 수 있어?"

"드래곤을 죽이지 않고…… 내 명예를 말인가?"

"……응."

드래곤한테서 도망쳐서 다른 방법으로 명예를 지키라고 한다, 배시는 그렇게 느꼈다.

혹시 이것이 오크의 나라에서 다른 오크가 한 말이었다면, 배시는 격노했을지도 모른다. 내가 싸움에서 도망치겠느냐고.

배시는 싸움과 명예를 중시하는 오크다.

자신의 강함에도, 『오크 히어로』라고 불리는 것에도 긍지를 갖고 있었다.

모욕당하고서 상대를 용서할 수는 없다.

우선은 선언한 그대로 드래곤을 죽이고, 다음으로 자신을 모욕한 녀석을 기절할 때까지 두들겨 팼을지도 모른다.

"내 명예는……."

"……."

하지만 눈앞에 있는 것은 아름다운 데몬 여자다.

배시는 물론 명예와 긍지를 지키는 일은 중요하다고 생각한다.

하지만 그 이상으로 지키고 싶은 것…… 아니, 버리고 싶은 것이 있었다.

여기서 격노해봐야 동정을 버릴 수는 없다.

애당초 영웅인 배시가 동정을 버리지 못한다면 오크의 명예도 땅에 떨어지는 것이다.

그러니까 때릴 수는 없었다.

하지만 이만한 굴욕을 당하고서 무슨 말을 하면 될까.

어떤 말을 꺼낸다면 이 여자를 아내로 삼고, 합의하에 성행위를 할 수 있을까.

배시는 오크다. 최선을 다해서 말하고 싶어도, 이럴 때에 건넬 말 따위는 없었다.

("당신.")

젤이 귓속말했다.

하지만 그렇다. 배시에게는 젤이 있었다. 이럴 때는, 언제라도 이 요정이 지혜를 전수해주었다. 배시를 궁지에서 구한 것은 항상 이 요정이었다.

("이건 아마도, 안 되겠어요…….")

그러나 그 요정은 드물게도 힘없이 고개를 가로저었다.

("당신의 이야기를 듣고 이렇게까지 싸늘한 녀석은 무리예요…… 데몬이라고요? 여자라고는 해도 데몬인데, 당신의 무용담을 듣고 아무런 감정도 드러내지 않는다니, 나조차 화가 났어요. 이미 근본부터 당신을 얕보는 거예요. 당신을 가볍게 여기는 녀석을, 당신의 아내로 삼아서는 안 돼요…….")

배시는 그 말에 말문이 막혔다.

다름 아닌 젤이 이렇게까지 말한다니, 생각해본 적도 없었다. 젤은 언제나 "할 수 있어요!"라고만 말한다고 생각했다. 안 될 때도 그런다지만, 그것으로 용기를 얻는 것은 분명했다.

그런 낙천가인 젤이 눈물을 글썽이며 그렇게 말하는 것이었다.

'그런가, 안 되는가…… 이 여자도…….'

배시는 젤의 말에 턱 납득했다.

무슨 말을 하더라도 여자가 자신의 아내가 될 일은 없다고, 포기했다.

동시에 지독한 낙담이 덮쳐들었다.

'또 실패했나…….'

싸움은 때로, 도중에 결과를 알 수 있다. 이길 때도, 질 때도.

이번에는 패전이었다. 또 자신은 패배한 것이다.

설산을 오르고, 드래곤을 무찌르고, 여자한테 좋은 모습을 보여주고자 드래곤을 쓰러뜨리겠다고 호언장담했지만, 그것조차 상대해주지 않았다.

데몬은 드래곤 때문에 곤란해 하고 있을 텐데.

혹시 드래곤을 놓치지 않고 쓰러뜨렸다면 조금은 달랐을지도 모르겠지만, 놓친 것은 사실이다. 변명할 여지도 없었다.

쓰러뜨리지 못한 이상, 쓰러뜨릴 수 있다고 호언장담하는 것은 젊은이의 과대망상으로만 들릴 것이다.

'……역시 데몬 여자를 아내로 삼는 것은 그저 꿈일 뿐인가.'

애당초 이것은 무리였을 것이다.

데몬이 오크의 아내가 되다니, 그만큼 있을 수 없는 일일 것이다.

"내 명예는, 너 같이 아름다운 여자를 아내로 삼는다면, 지킬 수 있겠지."

"……?"

그렇게 생각하며 배시는 자신의 바람을 입에 담았다.

완벽한 준비를 하고서 꺼내려고 했던 말을.

전사란 진다는 것을 알면서도 때로 용감하게 최후의 일격에 임해야만 할 때도 있다.

이제까지 배시가 쓰러뜨린 전사들은 다들 그랬다.

진다는 것을 알면서도 "승부다"라 외치고, 검을 들고서 다가왔다.

그렇다면 자신도, 긍지 높은 오크 전사로서 그것을 따르자.

"아내?"

"그래, 내 아내가 되어 아이를 낳아줬으면 한다."

프러포즈였다.

"나는, 아내로 삼아서, 짝이 되어서, 명예를 지키는 거, 왜?"

데몬 여자는 그렇게 물었다.

너무나도 짓궂은 짓이었다. 배시가 얼마나 자기 주제도 모르는 짓을 하는지, 스스로 설명하게 만들겠다는 것이리라.

"평범한 오크는 너희를 아내로 삼는 일 따윈, 생애 전부를 걸더라도 불가능하다. 너를 아내로 삼아서 아이를 만들 수 있다면, 나는 오크 중에서도 특별히 뛰어난 자로서 길이길이 전해지겠지. 오크가 멸망하는 그날까지."

"……."

"네게는 오크의 아내가 되는 건 굴욕일지도 모르겠지만……."

긍정이 돌아온다고, 그렇게 생각했다.

그래, 그렇다고. 자, 알았다면 필사적으로 날 요새까지 호위해.

그러면 나한테 열정을 품은 죄를 불문으로 붙여줄게.

그런 말이 돌아온다고, 생각했다.

다만 배시는 잊고 있던 것이 있었다.

패전이라는 것은 피부로 알 수 있는 법이다. 분위기가, 주위의 낮은 사기가 진다는 사실을 전해주지만…… 그렇지 않을 때가 있다.

"알았어. 나, 네 짝이, 될게."

그럴 때, 아무것도 모르는 병사는 여우에 홀린 것만 같은 기분으로 승리를 받아들이는 것이었다.

■

배시는 어쩐지 둥실둥실 떠 있는 기분이었다.

이해가 잘 안 되었다.

프러포즈를 했더니 상대가 받아들였다는 현실이 좀처럼 믿기지 않았다.

"짝은, 처음. 두근두근, 해."

여자의 말만이 그 사실을 긍정했다.

물론 그 말은 두근두근하는 것처럼 들리지는 않았다.

그러기는커녕 조금 전 이상의 싸늘한 표정처럼 보였다.

여자는 조금 전의 겁먹은 표정이 거짓말처럼 태연하게 일어나더니 저벅저벅 동굴 안을 걷기 시작했다.

"하지만 짝, 뭘 하는지, 알고 있어."

배시는 그저 그녀를 따라갔다.

그녀의 늘씬한 뒷모습이 시야에 들어왔다.

길고 매끄러운 머리카락, 가냘픈 어깨, 길고 늘씬한 다리, 그리고 꽉 조인 엉덩이였다.

그 몸은 이제까지 보았던 여자들과 비교해서 빈약하게도 여겨지지만, 온몸에서는 엄청난 파워를 느꼈다. 데몬이라는 강력한 종족 특유의 강함이 있었다.

그 위압감은 이제까지 보았던 데몬 중에서도 으뜸이었다.

과거에 만난 데몬 장군도 이만큼 강하지는 않았다.

이 여자한테서 태어나는 아이는 반드시 결실을 맺어 오크에게 번영을 가져다줄 것이다.

"『뼈』한테, 배웠어."

돌아보는 여자의 얼굴은 아름다웠다.

이런 여자가 아내라면, 이런 여자로 동정을 버릴 수 있다면, 이제 배시는 그 자리에서 죽어도 될지도 모르겠다고 생각할 정도였다. 게다가 조금 전, 처음이라고 그랬을까. 그야말로 배시가 찾던 인재였다.

"아이 만들기, 야."

그런 여자가 직접적인 말을 꺼내고서도 배시가 여자에게 뛰어들어서 말 그대로의 일에 다다르지 않은 것은, 상황을 아직 이해하지 못했기 때문이었다.

이만한 여자가 왜 프러포즈를 받아들였는지 알 수가 없었다.

경계하는 것은 아니었다. 배시치고는 드물게도 혼란에 빠진 것이었다.

"아이 만들기인가."

그러면서도 배시의 가장 남자다운 부분은 정직했다.

직접적인 그 말에 척수반사로 대답했다.

그럴 것이다, 아무리 배시가 혼란스럽더라도 그는 이 순간을 애타게 기다렸으니까.

"나는, 널 안아도 되는 건가?"

"돼."

간단히 허가가 나왔다.

합의였다.

오크 킹이 정한『다른 종족과의 합의 없는 성행위를 금지한다』라는 규율의 허용 조건이 지금 달성된 것이었다.

배시의 혼란은 급속하게 수습되었다.

왜냐면 배시는 오크다. 긍지 높은 오크다.

의문이 있었을지라도 여자를 품을 수 있음을 알게 되자 그 본능이 그를 움직이게 만들었다.

"……우오오오오오!"

마침내 배시의 본능이 한계에 다다랐다.

배시는 여자에게 덮쳐들어 그녀의 몸을 끌어안았다.

여자 역시도 배시의 등으로 손과 꼬리를 둘렀다.

암컷의 좋은 냄새가 배시의 코 안 가득 퍼졌다.

하지만 어째서일까, 좋은 냄새 안에 등줄기가 오싹해지는, 무언가 위험한 향기가 포함되어 있는 것은.

"응?"

그대로 쓰러뜨리려다가 배시는 깨달았다.

여자가 조금 전보다도 커졌다는 사실을.

조금 전까지 배시의 턱 정도밖에 안 되었을 터인데, 왠지 지금은 배시와 같은 정도의 크기가 된 것 같았다.

"진정해."

"응?"

쓰러뜨리려고 해도 꿈쩍도 하지 않았다.

그러기는커녕 여자는 점점 커졌다.

아름다웠던 얼굴은 코부터 점차 뾰족해졌다. 부드럽던 몸은 비늘로 뒤덮였다.

입 안에 늘어서 있던 뾰족뾰족한 이빨이 칼날처럼 뻗어 나왔다.

"알, 시기, 아니야. 아이, 못 만들어. 둥지 만들기, 먼저 할게. 부화, 육아, 따뜻한 장소, 좋아. 장소 만들기, 암컷, 역할."

여자의 목소리가 사나운 짐승의 울음소리로 변했다.

어떠한 종족이라도 듣는다면 공포에 움츠러들고 마는, 최강의 생물이 발하는 울음소리로.

"어, 라, 라……."

배시의 시야 한 편에서 젤이 기겁해서는 동굴 벽에 등을 밀어 붙이듯이 물러나는 것이 보였다.

배시도 전율하며 고개를 들었다.

끌어안고 있던 것은 거대한 파충류의 얼굴이었다.

드래곤이었다.

"뭐냐!"

검은 없었다. 조금 전에 여자가 있던 장소에 놓고 왔다.

'이런…… 함정인가!'

동시에 배시 안에서 모든 의문이 연결되었다.

드래곤의 피 냄새는 났는데도 동굴 안에 있던 것은 여자였다.

당연하다. 드래곤이 변신했으니까. 다시금 생각해보면 드래곤과 싸울 때라도 여자가 있었다면 알아차렸을 터. 그 때문에 왔으니까.

드래곤 토벌 이야기를 듣고서도, 배시의 영웅담을 듣고서도 여자는 안색 하나 바뀌지 않았다. 당연했다. 자신의 동포를 죽인 이야기를 듣고 칭찬할 수 있겠는가.

틀림없이 필사적으로 분노를 억누르고 있었을 것이다.

게다가 여자는 프러포즈를 가볍게 받아들였다. 받아들일 이유 따위는 없었는데.

어째서인가. 이 순간을 위해서다.

드래곤은 똑똑하다고 들었는데, 모든 것은 배시를 처리하기 위해서.

드래곤은 여자로 변해서 배시가 방심하는 순간을 기다렸던 것이다.

'……큭!'

배시의 몸은 드래곤에게 덥석 붙잡혀 있었다.

다리는 꼬리 끝부분이 감겨 있어서 꿈쩍도 할 수가 없었다.

빠져나갈 수 없다. 아무리 배시가 오크 중에서도 특별하게 힘이 있을지라도, 단순한 힘으로 드래곤을 웃도는 것은 아니었다.

배시의 눈앞으로 드래곤의 거대한 이빨이 들이닥쳤다.

'여기까진가……!'

배시는 죽음을 각오했다.

몰아붙였다고 생각했다. 방심하지는 않았다고 생각했다.

하지만 그럼에도 드래곤이 한발 앞선 것이었다.

드래곤은 여자의 모습을 취하여 배시를 속였다.

'……이것이 나의 최후인가.'

하지만 동굴 안에서 벌어진 일이다. 가령 배시가 정체를 간파하고 검을 휘둘렀다면 승리를 손에 넣었을 것이다.

드래곤 역시도 살얼음 위를 건넌 것이었다.

자신의 정체가 들키지 않도록 본성도, 분노도 애써 겉으로 드러나지 않도록 행동했던 것이다.

들키더라도 이상하지 않았다.

아슬아슬한 승부였다.

그렇다면 패배를 인정할 수밖에 없었다.

"……?"

날름, 배시의 얼굴을 드래곤의 혀가 핥았다.

혀에 난 가시가 배시의 뺨에 상처를 입혔다.

하지만 그 이빨이 배시를 꿰뚫는 일은 없고, 불길이 배시를 불태우는 일도 없었다.

비릿한 냄새가, 하지만 어딘가 달콤하게 느껴지는 향기가 배시의 코를 자극했다.

"크르르르……."

그러기는커녕 드래곤은 울음소리와는 다른, 조금 높은 목소리를 내며 코끝을 배시의 얼굴에 비볐다.

배시의 입술이 찢어지고 피가 흘러나왔다.

배시가 아니라면 얼굴 살점이 도려 나가 죽음에 이르렀을지도 모른다.

하지만 발톱이나 이빨, 혹은 브레스를 사용한 공격과 비교해서는 약했다.

죽이기 전에 자신을 고통스럽게 한 상대를 희롱하고, 공포에 떠는 모습을 바라보며 즐기기라도 하려는 것일까.

"알, 시기, 오면, 돌아올게. 그때까지, 둥지 만들기, 해둘게."

버그베어가 모피를 두고서 도망칠 울음소리 안에서 어렴풋이 목소리 같은 것이 들렸지만, 그 내용을 알아들을 만큼 배시에게 여유는 없었다.

드래곤이 배시에게서 손을 놓았다.

꼬리도 떨어져서 배시는 자유의 몸이 되었다.

바로 배시는 거리를 벌리려고 했다. 틈을 찾으며 검이 있는 곳까지 돌아가려고 했다.

하지만 그때에는 드래곤 역시도 발길을 돌리는 참이었다.

"명예, 지킬게."

드래곤이 도움닫기를 했다.

거구치고는 가볍게, 대륙 최강의 생물다운 강함과 용맹함이 느껴지는 스텝으로.

두두, 두두. 거대한 진동이 동굴을 흔들고⋯⋯.

드래곤은 날아올랐다.

■

그리고 곤혹으로 가득한 표정인 배시와 젤이 남았다.

동굴 밖은 푸른 하늘이 펼쳐져 있었다.

이따금 부는 바람소리를 제외하면 조용했다.

드래곤의 모습은 한동안 보였지만, 이윽고 지평선 너머로 사라
졌다.

돌아올 기척은, 없었다.

"⋯⋯어떻게 된 거지?"

말을 꺼낸 것은 배시였다.

젤에게 물은 것은 아니었다.

그저 지금 벌어진 알 수 없는 일에 대해서 그렇게 말할 수밖에
없었다.

"아, 어━⋯⋯ 그러네요. 어━? 으━음. 내 생각이지만, 드래곤
은 사람으로 변할 수 있다는 전설을 들은 적 있어요. 당신한테 이
길 수 없다고 깨달은 드래곤은 순간적으로 사람으로 변해서 당신
을 속이고, 감쪽같이 도망친 걸까요."

배시의 견해와 거의 같았다.

"왜, 녀석은 날 보내줬지?"

"드래곤은 말을 이해했어요. 당신의 이야기를 듣고, 마지막 부

분에는 명예라는 단어에 집착하던 것처럼 여겨지기도 해요. 마지막 한마디도 뭔가『명예를 지킬게』? 같이 말한 것처럼 들렸어요. 그러니까 자신의 몰아붙인 자가 일류 전사였으니까, 드래곤도 그 명예를 중시해서 목숨만큼은 살려준…… 걸까요? 드래곤이? 정말로?"

"그렇군. 드래곤 역시도 명예를 중시하는 생물이었다는 건가."

드래곤은 배시의 이야기를 시종일관 시시하다는 듯 듣고 있었다.

하지만 결코 듣지 않은 것은 아니었다, 그런 의미일 것이다.

"……."

진실은 아무도 알 수 없다.

조금 전까지 있던 미녀의 모습도, 드래곤의 모습도 이미 없었다.

눈 앞에 펼쳐진 것은 살풍경한 산들과 푸른 하늘뿐이었다.

배시는 아름다운 아내도, 드래곤 슬레이어의 명예도 무엇 하나 손에 넣지 못했다.

그것이 현실이다.

"후우……."

저도 모르게 배시의 입에서 한숨이 새어 나왔다.

드래곤이라는 위협으로부터 살아남은 안도를 넘어, 헛수고를 했다는 심정이 몸 전체를 덮친 것이었다.

북쪽 끝, 눈과 얼음에 갇힌 산속 깊은 곳까지 와서, 강행군으로 산을 오르고, 드래곤과 싸우고, 드래곤이 변신한 여자를 알아차리지 못하고, 멍청하게도 구애한 결과, 놓쳤다.

얻은 것은 아무것도 없음. 자신은 대체 무엇을 했나.

아무리 배시라도 허사를 치자 온몸이 나른했다.

"당신, 이제부터 어떻게 하나요……?"

"이제부터?"

오히려 배시가 묻고 싶은 참이었다.

정보를 얻고, 괜찮겠다고 생각해서 여기까지 찾아왔다.

휴먼의 마을에서 시작하여 엘프, 드워프, 비스트, 서큐버스, 그리고 데몬. 이곳이 사람이 사는 장소의 끝이다.

이 이상은, 이제 없다.

"돌아갈 수밖에 없겠지."

"그러……네요! 다행히도 드래곤은 한동안 이 부근으로 돌아오진 않을 것 같으니까, 데몬한테 보고하러 돌아가는 게 순서일까요."

그 말에 배시는 생각했다.

기제 요새로 돌아가더라도…… 과연 데몬 여자는 자신을 받아들일까.

시켄스는, 드래곤 토벌에 나선 부대의 여자는 마음대로 해도 된다고 했지만, 생존자는 없었다. 동굴 안을 빈틈없이 탐색한 것은 아니지만…… 저 드래곤은 우둔한 도마뱀이 아니었다.

사람으로 변하여 사람을 속이는 교활한 뱀이었다.

달리 생존자가 있다면 놓칠 리가 없고, 의도적으로 살려뒀다면 사람으로 변하지는 않을 것이다.

시켄스에게서는 딸과 그 휘하의 데몬 여자 말고는 허가를 받지 못했다.

그렇다면 기제 요새로 돌아가서 처음부터 데몬 여자에게 구애하게 될 것이다.

그것이 제대로 풀릴지를, 이제까지의 경험이나 데몬 여자의 기질을 바탕으로 생각하면…….

"아니, 데몬 여자가 오크인 내 아내가 될 것 같진 않군."

"그럼 어떻게 하나요? 오거의 나라로 가보나요? 아니면 비스트가 있는 곳까지 돌아간다든지? 설마 리저드맨이나 하피한테 가진 않겠죠?"

"그렇군……."

배시는 생각했다.

자신은 어디로 가야 하는가.

오크의 나라를 나와서 많은 나라를 돌고, 많은 여자를 만나고, 계속 차였다.

어디로 간다면 자신의 바람을 이룰 수 있을까.

배시로서는 전혀 알 수 없었다.

오크라는 종족은 생각을 하는 종족이 아니니까.

과거 전장에서는, 이럴 때에는 어떻게 했던가…….

그것을 떠올리려고 해도 비슷한 케이스가 떠오르지 않았다.

옛날에는 하나의 전투가 끝나면 다음 전투로 넘어가면 그만이었다. 알 수 없을 때에는 누군가가 생각하고 명령해주었다. 이렇게 혼자서, 다음으로 무엇을 해야 할지 방침이 없을 때는 없었다.

그때 배시는 "아니지"라며 떠올렸다.

혼자서 생각하고 움직였을 때도 있었다고.

전장은 아니었지만…… 그때, 방침은 있었다.

그것에 생각이 다다랐을 때, 결론은 나왔다.

"휴먼의 나라까지 돌아갈까."

배시는 오크의 나라를 나왔을 때, 휴먼을 아내로 삼겠다는 생각에 클라셀로 향했다.

왜인가. 휴먼을 아내로 삼는 것이 가장 좋겠다고 생각했으니까.

그렇다면 되돌아가야 한다.

배시도 여행을 거쳐서 많은 것을 배웠다.

휴먼의 나라에서 다른 종족의 연애관을, 엘프의 나라에서 프러포즈 방법을, 드워프의 나라에서 구애의 기술을, 비스트의 나라에서 복장이나 데이트의 소중함을.

싸움이란 경험의 축적이다.

엘프에게 통하는 전법 중에서 비스트에게도 통하는 것이 있듯이, 이제까지 배운 것은 반드시 다른 동족과의 대결에서 효과를 발휘할 터.

그렇다면 다시 한 번 휴먼 여자에게 도전해봐도 괜찮을 것이다.

적어도 데몬보다 희망은 있을 터.

"여기까지 왔는데, 그러네요. 그러는 편이 나을지도 모르겠어요. 아마도 남동쪽에 휴먼의 월경지가 있었을 거예요. 일단 거길 목표로 하는 것도 괜찮을지도 모르겠네요."

방침은 정해졌다.

"좋아, 그렇다면 가자."

"그래요!"

결정했다면 서둘러야 한다. 배시와 젤은 함께 고개를 끄덕이고 산을 내려가기 시작하는 것이었다.

11. 데몬의 재기

그날, 데몬군 정찰 부대장 『천리안』큐로스는 기제 요새의 감시 망루에 있었다.

그의 역할은 매일같이 나타나서 마을을 파괴하는 드래곤을 조기에 발견, 피난과 요격을 촉구하는 것이었다.

데몬 중에는 특별한 눈을 가진 자가 많이 있다.

큐로스는 데몬 중에서도 특히나 먼 곳을 내다보는 눈을 가지고 있었다.

그의 일족은 다들 그랬는데, 밤낮을 가리지 않고 수백 킬로미터는 떨어진 적을 발견할 수 있는 마안을 가지고 있었다.

데몬 정찰 부대는 결코 적을 놓치지 않는다.

하피나 서큐버스 같이 하늘을 나는 종족과 비교해도 그 차이는 명백했다.

게디구즈 생전부터 탁월한 그 시력으로 적군을 가장 빨리 발견, 데몬군에 승리를 가져다준 존재였다.

드래곤의 둥지를 발견한 것도 큐로스였다.

그 탓에 시켄스의 딸과 부하들이 드래곤의 둥지로 돌입, 전멸했다.

전멸하는 순간을 목격한 것도 큐로스였다.

최후의 한 사람이 공중에서 물어 뜯겨 지면에 피를 흩뿌린 뒤, 시켄스에게 보고하고 하루 앓아누웠다.

물론 그럼에도 정찰은 게을리 하지 않았다.

그의 역할이기도 하지만, 발견하지 못한다면 더욱 좋지 않은 일이 벌어질 때가 많으니까.

그러니까 그날도 그는 가장 먼저 드래곤을 발견했다. 평소처럼 둥지에서 날아오르는 드래곤을. 그렇기에 큐로스는 평소처럼 종을 울려 적습에 대비하려고 했다.

하지만 그 전에, 이변을 깨달았다.

"어디로 갈 생각이냐?"

드래곤이 남동쪽 하늘을 향해 일직선으로 날아갔다.

평소와 코스가 달랐다. 평소라면 자신의 둥지를 확인하듯이 산을 빙글 두 바퀴 돈 뒤, 남쪽을 향해 조금 나아가고, 그리고는 이쪽으로 다가올 터였다.

그런데 남동쪽을 향해 일직선.

"변덕이냐, 아니면……."

큐로스는 계속 관찰했다.

드래곤은 평소와 어딘가 다른 모습으로, 남동쪽을 향해 똑바로 날아갔다.

엄청난 속도였다.

나는 방법도 뭔가 이상했다.

매일 관찰하는 큐로스니까 알 수 있었는데, 어딘가 들떠서 마치 사랑에 빠진 처녀처럼…… 혹은 마치 무언가로부터 도망치듯이.

그리고 드래곤은 큐로스의 시야에서 사라졌다.

탁월한 시력을 가진 일족 가운데, 특히 『천리안』이라고까지 불리는 큐로스의 시야에서.

십여 킬로미터 떨어진 장소의 개미를 셀 수 있는 큐로스의 시야에서.

아마도 드래곤 자신의 영역에서…… 모습을 감춘 것이다.

"왜……?"

큐로스는 보이지 않게 된 드래곤에게서 시선을 뗐다.

일단 본 것을 보고할 필요가 있다. 그는 눈이지 뇌가 아닌 것이다.

"음……."

그리고 그 순간, 어떤 것을 포착했다.

사람이었다. 다만 데몬은 일찍이 그들을 인간으로 취급하지 않았다. 인간도 마수도 될 수 없는, 불쌍한 하등 종족으로 깔보고 있었다.

오크와 페어리였다.

"설마……!"

큐로스는 가슴이 술렁이는 것을 느끼고 어떤 사실을 떠올렸다.

바로 전날, 저 두 사람이 이 요새로 찾아왔다.

그 두 사람이 국내로 들어온 것을 확인한 것은 다름 아닌 큐로스였다. 토벌 부대의 전멸을 지켜본 참에 시선을 돌렸기에, 그 후로 그들이 어떠한 행동을 취했는지는 보지 않았다. 어차피 드래곤에게 들켜서 죽을 것이라고 생각했는데, 그들은 전멸한 토벌 부대원 하나를 치료하고 이 요새로 데려다 주었다고 한다.

그런 그들은 드래곤을 쓰러뜨리겠다며 떠났다고 했다.

그것을 들은 큐로스는 코웃음 쳤다.

사실 데몬이라면 누구라도 코웃음 쳤을 것이다.

너 따위가 드래곤에게 이길 수 있을 리가 없다고.

하지만 녀석은 『용단두』다. 드래곤을 쓰러뜨린 적이 있다.

데몬이 드래곤을 지상으로 떨어뜨리고 다수로 공격해서 약하게 만든 덕분이라는 목소리도 있지만, 그럼에도 희미한 기대를 품고 만 것도 확실했다.

두 사람은 요새로 향하지 않았다. 드래곤은 산에서 멀어졌다.

큐로스는 감시 망루에서 뛰어내렸다.

과거에는 전령이 있었지만 지금은 이미 없었다.

큐로스는 자기 다리로 보고하러 가야만 했다.

■

"전령!"

큐로스가 작전 회의실로 들어온 것과 동시에, 그 자리에 있던 이들이 일어섰다.

현재 큐로스가 보고를 하러 온다는 것은 드래곤의 습격을 의미했다.

요격에 나서야만 한다.

설령 대적할 수 없다고 해도 저항의 의지를 보여주지 않는다면, 드래곤도 이 요새를 함락시킬 것이다.

"드래곤이 날아올라, 남동쪽 하늘로 사라졌습니다."

그러나 그 보고를 듣고 그들은 어중간한 자세 그대로 서로의 얼굴을 마주 보게 되었다.

"무슨 말이냐? 남동쪽? 국경으로 향했다는 건가?"

그러나 그 보고에 눈을 크게 뜬 사람도 있었다.

『암흑 장군』 시켄스였다.

"오크는 보았나?!"

시켄스는 모든 눈을 크게 떴다.

평소에는 거의 말하지 않는 노장의 다급하고 큰 목소리에 큐로스는 살짝 허둥대면서도 끄덕였다.

"예, 오크와 페어리는 드래곤이 떠난 뒤에 조금 시간을 두고, 국경 쪽을 향하여 이동하고 있었습니다. 그것이 무언가 관계가?"

"해냈는가! 배시!"

시켄스는 만면에 희색이 가득한 미소를 띠고서 일어섰다.

그 자리에 있던 데몬들은 몹시 놀랐다.

최근 몇 개월, 시켄스가 여기서 일어서는 일은 없었다. 그러기는커녕 움직이지도 않는 날이 많았다. 이 영감, 죽은 것은 아니냐며 의심하고 싶어질 정도였다.

"시켄스 님, 대체 무슨."

"전날, 『오크 히어로』 배시가 드래곤 토벌에 나선 것은 알고 있겠지?"

"세상에, 아니, 설마……."

시켄스의 말에 데몬들은 술렁거렸다.

분명히 그들도 알고 있었다.

『용단두』.

레미엄 고지 전투에서 배시가 드래곤의 목을 떨어뜨린 일은 너무나도 유명하다.

하지만 저것은 어디까지나 데몬이 드래곤을 마법으로 지면까지 끌어내리고, 많은 군대로 피폐하게 만든 결과에 불과하다.

오크 혼자서 드래곤과 싸우고 이긴 것이 아니라, 배시가 드래곤을 쓰러뜨린 것은 어디까지나 데몬의 준비 덕분.

다수의 데몬은 그렇게 믿고 있었다.

"믿고 싶지 않다면 믿지 않아도 된다. 하지만 배시는 선언한 그대로 드래곤과 싸우고, 죽이기에 이르진 못했지만 격퇴했을 테지."

"그렇다면 어째서 이 요새로 돌아오지 않은 겁니까? 오크라면 개선을 했을 텐데!"

"아직 쓰러뜨리지 못했으니까 그렇겠지. 끝을 내고자 쫓는 것이다."

고지식하게도, 시켄스는 그렇게 생각했다.

드래곤의 생태는 잘 모르지만, 한 번 영역을 벗어난 드래곤은 그 영역에는 두 번 다시 돌아오지 않는다고 여겨진다. 어디까지나 일설에 불과하지만…… 하지만 드래곤이 사라진 것은 분명했다.

드래곤이 돌아오지 않는다고 단정할 수는 없지만, 적어도 며칠 정도는 낮에 자유로이 활동할 수 있을 것이다.

"여하튼 데몬은 구원받은 것이다. 오크의 손에."

배시는 드래곤과 싸우고 승리했노라 시켄스는 확신했다.

반면에 이 자리에 있는 대부분의 데몬들은 반신반의했다.

하지만 오랫동안 드래곤의 위협에 겁먹고 살며 수도 없이 토벌을 시도하고는 실패한 경험이 있었다.

그저 그런 일로 드래곤이 사라지는 일 따위는 없다.

그리고 드래곤의 산으로 들어가서 무사히 내려온 자도, 없다.

배시는 분명히 승리했을 것이다. 드래곤이 꼬리를 말고서 도망칠 법한 승리를 거둔 것이다.

"이렇게나 굴욕적인 일은 없겠군."

시켄스의 말에 데몬들은 이를 갈았다.

데몬은 드래곤에게 꼼짝도 하지 못했다.

한 번 승리했으니까 이길 수 있다며 벼르다가 패배하고, 진지하게 싸우고서도 이기지 못했다.

결국에 데몬 왕 게디구즈가 없었다면 레미엄 고지의 드래곤 토벌도 불가능한 일이었다고 통감하게 되었다.

그런 상황에서 고작 오크 하나가 드래곤을 쓰러뜨렸다.

『용단두』 배시가 그 이름에 어긋나지 않는 전과를 올린 것이다.

그렇다면 데몬은 대체 무엇인가. 괜히 고귀하게 행동하고, 거만하게 오크를 바보 취급하고.

대체 언제까지 자신들이 위에 있을 생각인 것인가.

"……."

덜컹 소리를 내며 데몬 하나가 일어섰다.

여자였다. 파란 피부에 하얀 머리카락, 빨간 눈을 가진 하이 데몬.

몸은 탄탄하지만 여성스럽게 나올 곳은 나왔다.

배시가 이 자리에 있었다면 무릎을 꿇고서 프러포즈했을 것임에 틀림없는 미녀였다.

"이미 데몬의 위광은 땅에 떨어졌다."

여자는 분명하게 단언하고, 방 안은 침통한 분위기에 잠겼다.

도저히 인정하고 싶지 않았지만, 그러나 인정해야만 하는 것이다.

데몬은 졌다. 자신들이 생각하는 것만큼 강인한 종족도 아니고, 강하지도 대단하지도 않았다. 바보 취급하던 오크에게조차 이기지 못하는 것이 지금의 데몬이다.

"각하. 『오크 히어로』 배시 님은 데몬의 구원자가 되었습니다. 이대로 답례도 없이 돌려보내서는 데몬의 긍지에 손상이 갈 겁니다. 위광이 땅에 떨어졌을지라도 긍지까지 잃어서는, 저 세상에서 게디구즈 님을 마주할 낯도 없습니다."

"답례인가."

"배시 님은 데몬 여자를 원했다고. 그렇게 들었습니다."

"그렇군. 농담 같기는 했지만, 확실히 그렇게 말했다."

배시는 농담 따위는 한마디도 하지 않았지만, 확실히 그렇게 말했다.

"그렇다면 제가 그 영웅에게 시집을 가서, 평생에 걸쳐서 예를 다하도록 하죠."

"말도 안 되는 소리!"

"데몬이 오크 것이 되겠다고?!"

"그것이 무슨 의미인지 알고는 있느냐?! 긍지를 내버릴 셈이냐!"

여자는 그 말에 코웃음 쳤다.

"착각하지 마라. 나도 데몬 여자다. 내가 오크의 것이 되는 게 아니야. 오크가 내 것이 되는 거다."

"말은 그렇지만……."

"오크라고, 저 추악하고 어리석은 종족에게 데몬이 시집을 간 다니……."

데몬들이 불만을 흘리는 가운데, 시켄스만이 조용했다.

하지만 그 말을 듣고 입을 열었다.

"다시 한번 말하겠다. 우리는 오크를 하등한 종족이라 깔봤지 만, 그 오크가 드래곤을 격퇴하여 위협은 사라졌다. 레미엄 고지 에 이어서 『오크 히어로』 배시는 두 번, 우리 데몬을 긍지에서 구 한 것이다."

"으음……."

"최근 몇 년, 우리를 계속 괴롭히던 원흉 하나를 제거한 것이 다. 그것도 홀로. 데몬이라면 진정으로 힘을 가진 자에게, 제대로 된 언동을 해라."

데몬들은 복잡한 표정으로 신음했다.

그럴 만큼 오크를 인정하는 것은 어려운 일이었다.

그러나 확실히 시켄스의 말대로.

위기는 사라진 것이었다.

최근 몇 년, 데몬들이 아무리 책략을 짜내어도 이길 수 없었던 상대를, 오크가 격퇴한 것이다.

물론 또 돌아올 가능성도 없지 않지만, 오랜만에 태양 아래로 나갈 수 있다.

"그렇군…… 오크 전체는 무리지만 적어도『오크 히어로』만큼은 인정할 수밖에 없군……."

데몬은 긍지 높은 종족이다.

자신이 상위에 있는 것을 지상과제로 여긴다.

그러나 그것은 어디까지나 힘이, 지혜가 웃도니까. 존재가 상위에 있으니까.

타인이 더 위에 있을 때에 그것을 인정하지 못하고, 무엇이 긍지 높다는 것인가.

시켄스는 그 대답에 만족하고 여자를 돌아봤다.

"자, 내 딸 아스모나디아여."

"예. 아버님."

"나는 이미 배시에게 너를 주겠다고 약속을 했다."

"호오, 그건 잘 되었군요. 하지만…… 왜?"

"이미 죽었다고 생각했으니까."

"죽었을 테죠. 저 설원에서, 그 영웅이 구해주지 않았다면."

여자── 아스모나디아가 다시금 떠올린 것은 전날의 일이었다.

혈기왕성한 젊은이들을 거느리고 의기양양하게 드래곤 토벌에 나선 그때였다.

이길 수 있다고 생각했다.

젊은이들은, 애송이라고 해도 실력이 있었다. 다들 휴먼의 집요한 추격에서 살아남은 자들이었다. 드래곤의 둥지에 뒷구멍을 만들고 잠든 참에 기습한다면, 고전은 할지라도 쓰러뜨릴 수 있다.

그렇게 생각했다.

결과는 무참한 패주였다.

드래곤은 마법으로 한없이 존재를 희박하게 만든 데몬들의 침입을 간단히 알아차리고, 그 거구로 순식간에 몇 명을 다진 고기로 만들었다. 드래곤이 발톱을 휘두를 때마다, 드래곤이 이빨을 세울 때마다 하나, 또 하나 죽어갔다.

데몬들의 마법은 모두 비늘에 튕겨 나가고, 대신에 검이나 창을 내질렀지만 비늘에는 상처 하나 생기지 않았다.

고전은 할지라도 이길 수 있다고 생각한 자신이 얼마나 어리석었는지, 드래곤이 얼마나 격이 다른 존재인지를 깨닫게 되었다.

몇 명이 당한 참에 철수를 결의했다.

그러나 그것이 옳았다고는 할 수 없었다. 어떻게든 둥지에서 벗어났지만 몸을 숨길 장소가 없는 설원에서 쫓기고, 손 쓸 도리도 없이 브레스에 까맣게 타버렸으니까.

하이 데몬으로서 높은 마력 내성을 가졌기에 어떻게든 즉사는 면했지만, 그야말로 죽기 직전이었다.

자신을 믿고서 따라와 준 젊은이들의 시체 가운데, 이대로 죽고 싶지 않다고 생각하면서도 눈은 녹고, 폐는 타고, 근육은 숯이 되고, 움직이기는커녕 의사 표시조차 할 수 없었다.

그때 나타난 것이 배시였다.

그는 귀중한 페어리의 가루를 아스모나디아에게 잔뜩 뿌리게 하더니, 숯이 된 몸을 등에 지고서 기제 요새로 옮겨준 것이었다.

드래곤이 아직 하늘에 있을지도 모르는 상황에서, 위험을 개의 치 않고.

"그렇지만 시체를 받았을지라도 감사는 해야 했다. 살아있어서 다행이야."

잊을 수 없다. 잊을 수 있겠는가. 목숨을 구하여 안도한 그 순간을.

저 넓은 등의 온기를. 동료의 원수를 갚아준 은혜를.

"아버님의 허튼 소리를 사죄하고 드래곤을 격퇴해주어 구원을 받은 데몬의 감사, 그리고 드래곤에게 패배하여 죽음을 기다릴 뿐이었던 제 목숨의 은혜, 전부 갚도록 하죠."

"음."

딸의 말에 시켄스는 깊이 끄덕였다.

"그럼 당장에라도 떠나도록 하죠."

데몬 장수『암흑 장군』시켄스의 마지막 딸, 아스모나디아가 회의실을 나갔다.

여행을 떠나는 것이다.『오크 히어로』배시 곁으로.

틀림없이 가혹한 여행일 것이다.

드래곤 탓에 거의 국외와의 관계가 끊어져 있었지만, 휴먼들이 데몬을 상대로 과도할 정도의 경계심을 품고 있는 것에 변함은 없고, 관계를 수복할 가망은 없다. 이전에 나간 포플라티카 패거리가 날뛰고 있다면 운신의 폭이 좁게 느껴지기도 할 것이다.

하지만 그럼에도 시켄스는 자신의 딸이라면 시련을 뛰어넘어, 배시 곁으로 시집을 갈 것이라 확신했다.

여하튼 『오크 히어로』 배시가 틀림없이 비슷한 여정을 걸어왔으니까, 그의 아내가 되겠다는 데몬이 같은 길을 걷지 못할 리도 없다.

두 사람의 혼인은 오크의 종족적 지위를 향상시킬 것이다.

저 『오크 히어로』의 바람대로…….

그보다도, 그러면서 시켄스는 다시금 회의실을 돌아봤다.

드래곤이 떠난 것을 알고 곤혹스러운 기색인 데몬들. 느닷없는 행운과 자신들이 오크보다 아득히 약했다는 사실에, 어쩌면 좋을지 알 수 없는 표정인 부하들.

그리고 창문으로 보이는, 드래곤이 없는 푸른 하늘.

드래곤이 사라진다면 하겠다고 생각하던 일이 잔뜩 있었다.

데몬은 이제부터 바빠질 것이다.

"배시의 영웅담을 듣지 못했군."

그렇게 중얼거리는 시켄스의 입가는, 감사의 말도 듣지 않고 떠난 영웅이 앞으로 벌일 이야기를 생각하고는 자연스럽게 올라가는 것이었다.

12. 암약자들

그 유적은 레스 설원을 넘어, 그리고 드래곤이 사는 산을 넘어간 곳에 있었다.

매끄러운 돌로 만들어진 그것은 오랜 세월을 거치며 풍화되기 시작했지만, 그러나 제대로 형태가 남아 있었다.

이름도 없는 유적이었다.

혹은 이곳이 아직 유적이 아니었던 무렵에는 무언가 이름이 붙어 있었을지도 모르지만……. 이제 와서는 아무도 찾는 일이 없는, 그 존재조차 한정된 이들밖에 모르는 쓸쓸한 유적이었다.

그런 유적으로 한 여자가 들어가려 하고 있었다.

깎아지른 빙벽을 가볍게 올라가서 유적의 얼어붙은 돌문을 가볍게 열어젖히고 안으로 몸을 밀어 넣었다.

뒷발로 돌문을 차서 닫자 그녀 주변은 적막으로 뒤덮였다.

유적 안은 쇠퇴한 외관과는 달리 깨끗했다.

커다란 방 중앙에는 대규모 마법진이 그려져 있고, 무수한 빛의 선이 작은 방으로 뻗어 있었다.

마법진의 효과인지 먼지가 쌓이고 낡기는 했지만 풍화된 기척은 없었다.

어느 작은 방에도 얼핏 보면 무엇에 사용되는지 알 수 없는 것들만이 늘어서 있었다.

하지만 어느 한 방에는 알기 쉬운 것이 놓여 있었다.

책이었다.

대량의 책이 책장을 채운 것만이 아니라 바닥에도 산더미 같이 쌓여 있었다.

여자는 그 방으로 발길을 들였다.

책의 산 가운데에 한 여자가 있었다.

비쩍 마른 몸에 움푹 팬 눈, 물결치는 머리카락을 가진 그 여자의 이름은 포플라티카.

『섀도 보텍스』의 포플라티카.

데몬의 숙련 마도사이자 그『암흑 장군』시켄스의 딸이, 책의 탑 위에 버릇없이 앉아서 한 권의 책을 훑어보고 있었다.

눈 아래의 그늘은 평소보다도 짙어서 피로가 엿보였다. 틀림없이 잠들지 않았을 것이다.

방에 침입자가 있어도 그녀가 책에서 시선을 드는 일은 없었다.

알아차리지 못했을지도 모른다. 몰두한 것이다. 귀기 어린 표정으로 그 책에 적힌 문장을 좇고 있는 것이었다.

"다녀왔다. 가져왔다고."

여자가 말을 건네자 포플라티카는 놀란 표정으로 고개를 들었다.

그리고 책의 탑 아래에 있는 여자를 보고 가냘픈 미소를 지었다.

"어서 와, 공주님. 꽤나 늦었네."

"그리폰이 망가져서. 그리고, 공주님은 그만해주지 않겠나?"

"왕자님이면 될까?"

"그건 따로 있으니까 안 된다."

"귀찮아. 이름을 버리기 전에 부를 이름 정도는 생각해둬."

이름 없는 여자는 어깨를 으쓱이더니 등에 멘 가방에서 무지개 색으로 빛나는 돌을 꺼냈다.

그것을 아무렇게나 포플라티카를 향해 내던졌다.

"조심해라, 귀중한 거니까."

"그만한 힘을 가진 물체가 떨어뜨리는 정도로 부서지진 않아."

포플라티카는 어렵지 않게 돌을 붙잡고 그것을 찬찬히 바라봤다.

"성수의 씨앗 때도 생각했지만, 예쁘네."

"그것이 있던 껍질도 예뻤다. 역시나 위대한 생물, 이라고 할까?"

"옛날 옛적에는 이런 힘을 가진 생물이 활보했다…… 그런 말을 들어도 와 닿지 않는 건 확실히."

포플라티카는 자신이 읽던 책의 뒤표지를 손가락으로 툭 두드리며 그렇게 말했다.

이 서고에 있는 것은 대부분이 역사서였다.

기나긴, 이 대륙의 역사가 적힌 책이었다. 이 대륙에 인간이 발생했을 무렵부터 인간들이 전쟁을 시작할 때까지…… 모든 역사가 이곳에 보존되어 있었다.

"어디까지 읽었지?"

"꽤나 전까지."

포플라티카는 그렇게 대답하고 책을 탁 닫았다.

이곳에는 모든 역사가 적혀 있지만, 전쟁이 시작될 무렵까지라면 모를까, 시간을 거슬러 올라가면 올라갈수록 언어와 문자는 변화해서 해독에 시간이 걸렸다.

특히 원초 시대의 문자는, 이미 문자라고 여겨지지도 않는 기호가 나열될 뿐이었다.

혹시 포플라티카 혼자라면 이 서고에서 십 분의 일도 읽지 못했을 것이다.

그녀가 이 서고의 내용물을 알 수 있는 것은 선인(先人)이 있었기 때문이다.

이 서고에 들어와서 난해한 문장을 해독하고 지금의 말로 번역한 사람이, 과거에 있었으니까.

지극히 일부이지만 그자가 해독하고 번역하여 요약한 책이 있었다.

그 덕분에 포플라티카는 내용을 알 수 있었다.

일찍이 이 대륙에는 인지가 미치지 않는 위대한 생물이 활보했다.

이 대륙의 지배자는 인간이 아니었다. 그 생물들이 왜 멸망했는지는 분명치 않았다. 선인이 남긴 해독서 덕분에 옛날 사람들이 "아마도 서로 싸운 것이 아닐까"라는 추측을 한 것은 알 수 있었지만, 그것도 추측에 불과했다.

단 하나 사실로 말할 수 있는 것은, 위대한 생물들이 모두 죽고 그 힘의 일부가 대륙 전체에 남아 있다는 사실이었다.

그것은 비스트의 성수이고, 서큐버스의 성지이고, 엘프의 묘소이고, 오거의 큰 턱이고, 드워프의 황금이고, 휴먼의 성전이었다.

그것이 위대한 생물들의 잔해라고는 어디에도 적혀 있지 않았지만, 그런 사실은 조금만 생각해보면 알 수 있는 일이었다.

"남은 건, 휴먼의 성전뿐이다."

"어라? 그렇다면 아르드리아는 실패했다는 거야?"

"음. 아쉽지만 그런 모양이군."

위대한 생물의 잔해는 때로 근처에 방치되어 있었다.

엘프의 묘소는 긴 전쟁 끝에 그저 파편 무더기로 변했고, 드워프의 황금은 고철 더미 안에 방치되어 있었다.

그밖에 이름도 없는 잔해는 다수 있었다.

하지만 아는 사람이 본다면 그것에 힘이 깃들어 있는 것은 알 수 있었다.

힘이 깃든 물건은 때로 신앙의 대상이 되기도 한다. 예를 들면 비스트의 성수나 서큐버스의 성지처럼. 그것들을 확보하러 다닌다면 확실하게 자신들의 목적을 들킨다. 목적을 들키지 않더라도 무언가 세력이 뒤에서 움직이는 것은 알 수가 있다.

그렇기에 비스트의 성수나 서큐버스의 성지, 그리고 휴먼의 성전은 거의 동시에 가지러 갔는데……

아무래도 휴먼의 성전 쪽은 실패한 듯했다.

"앞으로 두 개인가……"

"아니야. 앞으로 하나."

"응? 하나? 마지막 하나는 전원이 돌아온 다음, 총력전으로 가지러 간다는 예정인 게 아니었나."

"그건 책략이 떠오르지 않았을 때의 이야기."

"그러니까 무언가 떠올랐다는 건가?"

여자의 말에 포플라티카는 고개를 가로저었다.

"아니야. 하지만 사라졌어."

"사라졌어? 무슨 말이지?"

"모르겠지만, 내 동생이 토벌대를 조직했다는 소문을 들었으니까 어쩌면 토벌했을지도 몰라."

"현재의 데몬이 드래곤을 토벌할 수 있을 것 같진 않다만……."

"아무래도 상관없어. 지금 캐럿이 가지러 가고 있어."

여자가 고개를 갸웃거리는데 방 문이 끼익 소리를 냈다.

여자는 스르륵 발소리도 없이 들어오는 사람이 하나 있다는 것을 기척으로 알아차렸다.

"어라~? 꽤나 늦었네, 공주님~?"

돌아보니 아름다운 몸을 꾸물거리며 걸어오는 서큐버스가 하나 있었다.

일찍이 서큐버스군에 바로 그 사람이 있다고 일컬어지던 장군, 캐럿이었다.

"걱정했다고? 무슨 일 있는 거 아니냐고."

캐럿은 이름도 없는 여자의 턱에 손가락을 대고 스슥 움직였다.

도발처럼도 여겨지는 행동이지만 결코 그런 것은 아니고, 평범하게 걱정하는 것이었다.

휴먼이나 엘프의 나라였다면 크게 빈축을 사는, 서큐버스의 동작이었다.

물론 여자 쪽은 그것을 이해하기에 딱히 불쾌한 표정을 내비치지도 않고 자연스럽게 대답했다.

"그래, 그리폰이 도중에 당해서 말이지?"

"어? 간단히 말하지만, 자연적으로 그렇게 된 건 아니겠지? 누구한테 당했어? 언니한테 가르쳐주겠니?"

"오크다. 그것도 그냥 오크가 아냐. 너희도 말했던, 저『오크 히어로』말이지."

"어어! 배시 님이랑 만났어?! 잘도 살아있네?!"

"그래, 내가 여자가 아니었다면 죽었을지도 모르겠군."

"어머나! 혹시 배시 님한테 져서 범해진 거야? 부러워라!"

"설마, 그저 가슴을 드러내서 방심시킨 것뿐이다. 하지만 프러포즈는 받았다."

그 순간 서늘한 냉기가 이 자리를 지배했다."

"그래, 부럽네."

질투였다.

이름 없는 여자는 깨닫지 못했을 리도 없지만, 깨닫지 못한 척을 하며 대답했다.

화나게 만들었다고 당황할 필요도 없었다. 이 이야기의 결말은 틀림없이 눈앞에 있는 서큐버스에게 기쁜 일임을 알고 있으니까.

"그렇지? 오크도 그렇게나 정열적인 프러포즈를 할 수 있더군. 이런 얼굴이 되어서 아름답다는 말을 들은 건 처음이다."

"그래서, 어떻게 했어? 받아들여서 배시 님의 신부라도 된 거야?"

"안타깝지만 그렇게 되진 않았다. 나와 내게 살해당하려던 오거 아이들, 어느 쪽을 선택할지 물었더니 간단히 오거 아이들을

선택했으니까. 오크인데도, 훌륭한 일이야. 존경할 가치가 있어."

그것을 듣고 캐럿의 표정이 확 풀어졌다.

"그렇지~? 배시 님은 흔한 오크와는 격이 다르시니까."

캐럿의 태도가 부드러워졌다.

배시에게 프러포즈 받았다는 사실에 질투하는 마음은 있지만, 여자보다 사람을 구하기를 선택했다는 이야기에 캐럿의 표정은 풀어졌다.

그렇다. 다른 오크라면 그렇게 되지는 않는다. 역시나 나의 배시 님의 최고라니까.

"잡담은 그만 끝내주겠어?"

두 사람의 대화를 잠자코 듣던 포플라티카는 그러더니 책의 탑에서 스르륵 뛰어내렸다.

손에 들고 있던 책을 아무렇게나 근처에 놓고 캐럿에게 손을 내밀었다.

캐럿은 그 손길에 따라, 품속에서 창백하게 빛나는 산호 같은 물체를 꺼내어 그녀에게 건넸다.

"이걸로, 남은 건 하나. 막 돌아온 참에 미안하지만, 두 사람은 조금 더 일을 해줘야겠어."

"물론이다."

"알고 있어. 나도 그럴 생각이야. 뭣하면 혼자서 가도 되니까."

포플라티카는 그 대답을 든든하게 느끼며 걸어갔다.

"응. 하지만 아르드리아가 실패했다면 상대도 경계할 테니까, 셋으로는 부족하다고 생각해. 조금 더 데려가자."

남은 둘도 포플라티카를 따라갔다.

작은 방을 나와서 커다란 방으로, 커다란 방을 나와서 복도로.

긴 복도를 지나간 곳에는 아래로 내려가는 계단이 있고, 그것을 내려가자 커다란 제단이 있었다.

현재 대륙의 건축 양식, 그 어느 것과도 닮지 않았다.

엘프의 것과도, 데몬의 것과도 달랐다.

늘어선 기둥은 사람의 손으로 만들어진 것으로 여겨지지 않을 만큼 두꺼우며 높고, 천장은 산의 내부라고는 여겨지지 않을 만큼 높고, 무언가 신을 모셨을 제단은 어두운 보라색으로 빛나고 있었다.

그저 거대했다.

이런 것이 산의 내부에 존재한다는 사실에 누구라도 위화감을 느낄 정도로.

세 사람은 긴 복도를 걸어서 제단 안쪽에 다다랐다.

캐럿과 이름 없는 여자는 제단을 올려다봤다.

제단 받침대에는 최근 3년 동안 모은 유물이 놓여 있었다.

이제 곧 이 노고가 보답받는다.

그렇게 생각하자 세 사람의 가슴속에서 살짝, 뜨거운 것이 치밀어 올랐다.

하지만 넘칠 정도는 아니었다. 왜냐면 아직 시작되지 않았으니까.

앞으로 하나, 남아 있다.

"오오, 무사히 돌아왔나!"

제단에서 목소리가 울렸다.

두 사람이 돌아보자 그곳에는 다양한 종족의 모습이 있었다.

데몬이 있었다. 오거가 있었다. 서큐버스가 있었다. 리저드맨과 하피도 있었다.

페어리는 없지만 오크도 있었다.

그뿐만 아니라 비스트나 드워프, 엘프의 모습도 있었다.

도합 스무 명, 그들은 다들 이상하게 번들거리는 눈으로 세 사람을 올려다봤다.

그들의 선두에 서 있는 것은 역시나 데몬이었다.

거대한 마검 네 자루를 등에 진, 거구의 데몬.

이름은 네자행크스.

사람들은 그를 『강검 장군』이라 부른다.

데몬 중에서도 굴지의 실력자이자 선천적인 무인이었다.

"아르드리아는, 역시 돌아오지 않나?"

"응."

"죽었나?"

"글쎄? 붙잡혀서 고문을 당하고 있을지도."

"고문으로 무언가 토해낼 남자는 아니다. 깨끗하게 죽었다고 생각할까!"

네자행크스는 호쾌하게 웃고 포플라티카를 내려다봤다.

"뒤치다꺼리를 하고 올게."

"음. 어떻게 하지? 내가 나가나?! 아니면 전원이 가나?!"

"아저씨는 눈에 띄니까 안 돼. 전력도 남겨둬야지. 게디구즈 님이 되살아나시면 바빠질 테니까…… 하지만 몇 명은 빌려 갈게."

"알겠다! 마음에 드는 녀석을 데려가라!"

"말 안 해도 그렇게 할게."

그 대화에 스무 명의 용사들이 앞으로 나왔다.

모두가 역전의 전사였다.

이름 있는 전사. 전쟁 안에서만 살아갈 수 있는, 전쟁에게 사랑받는 이들이었다.

그리고 모두가 이 평화에 불만을 품고 있었다. 어둠 속에서 이빨을 갈고닦으며 각지를 방랑하고 이곳에 다다른, 선택받은 자들이었다.

이 집단의 발기인은 포플라티카이지만 전원 같은 마음이었다.

"그럼 너랑, 그리고 너……."

포플라티카는 그중에서 두 사람을 고르더니 발길을 돌렸다.

네 사람이 말없이 그녀를 뒤따랐다. 유적에서 나갔다.

"낭보를 기다리겠다고!"

네자행크스의 말을 등 뒤로 들으며 그들은 떠났다.

손에 넣어야 할 것은 휴먼의 성전. 향하는 곳은 게디구즈의 침공 당시, 휴먼이 고립무원에 빠져서 지휘관을 잃고서도 지켜낸 장소.

파일즈 강 건너, 아르캉시엘 평원을 넘어간 장소에 있는 자리코 반도.

휴먼의 월경지, 블랙헤드령이었다.

한담 아스모나디아의 암약

『더스키 라이트닝』아스모나디아.

데몬 중에서도 상위에 위치하는 하이 데몬.

시켄스의 세 딸 중 하나.

그녀는 명가 하이 데몬의 자녀답게 초월적인 전장의 꽃이 되도록 자라고, 온갖 것들을 주입받았다. 검술, 창술, 궁술, 마법 같은 무예부터 전략, 전술, 단조, 내정, 외교, 교역에 이르기까지, 실력의 차이는 있지만 못 하는 일은 없도록 교육받았다.

아스모나디아는 특히 무술에서 현저한 재능을 드러냈다.

거대한 도끼창을 휘두르며 전장을 달리는 모습은 네 종족 동맹의 전사들을 떨게 만들었다.

마법에서도, 포플라티카 정도는 아니지만 탁월하여, 그녀의 별명이 된 『더스키 라이트닝』은 『번개도 따돌린다』라고 일컬어지던 드워프 명공 가바라반가의 갑옷을 방패와 함께 관통하여 드워프 전사를 몇 명이나 죽음에 이르게 만들었다.

데몬치고는 조금 생각이 부족하고 저돌맹진하는 경향이 있었기에 지휘관으로서는 결코 유능하다고 할 수 없지만, 전사로서는 공수 모두 빈틈은 없이 데몬 중에서도 굴지의 전사라는 평을 받았다.

휴먼의 입장에서는 요주의 인물 중 하나였다.

"흠."

그런 아스모나디아는 현재 국경을 방문했다.

데몬과 비스트의 나라를 나누는 유일한 국경이었다.

"거짓말을 할 거라면 좀 더 제대로 된 거짓말을 해라."

"거짓말이 아냐. 나는 『오크 히어로』 배시와 결혼하기 위해 오크의 나라로 가는 것이다."

그리고 국경을 경비하는 휴먼에게 붙들려 있었다.

"데몬이 오크와 결혼을 할 리가 없을 텐데……."

아스모나디아의 주장에 그렇게 대답하는 것은, 전날 국경을 경비하기 위해서 막 배치된 부대 대장이었다. 의연한 태도를 취하고는 있지만, 유명한 데몬 장수를 앞에 두고서 긴장을 감추지 못했다.

"그렇군. 우리 긍지 높은 데몬이 오크와 결혼을 한다니 전대미문, 거짓말이라 여겨도 어쩔 수 없겠지. 하지만 진실이다. 데몬은 지난번의 은혜를 갚고자, 나는 『오크 히어로』와 결혼하는 것이다."

"그렇군……."

영문을 모르겠다, 국경 경비대 대장은 생각했다.

그렇지만 『오크 히어로』는 전날, 외유(外遊) 기사단이 동행하여 블랙헤드령으로 호송되었다. 그녀는 그것을 따라왔다, 라는 것은 알 수 있었다.

다만 그것을 알았다고 해도, 그녀의 진정한 목적은 알 수 없지만…….

"현재 포플라티카 패거리가 각국을 소란스럽게 만들고 있는 건 알겠지?"

"모른다. 정보를 차단한 건 당신들 휴먼이야. 설령 알고 있었을지라도, 언니가 무엇을 하든 내게는 관계없다."

모른다고는 하지 않겠지. 관계없다고는 하지 않겠지.

그런 기개를 담아서 꺼낸 말이었는데, 시원스럽게 그런 대답이 돌아왔다.

"어떨까, 네놈들 데몬은 연기가 특기니까."

"연기가 특기라니 꽤나 칭찬해주는 게 아닌가? 하지만 너희 휴먼에게는 대적할 수 없겠지. 적만이 아니라 아군마저도 속이는 너희에게는."

"무슨 이야기냐?"

"일개 병졸로서는 알 수 없나. 속고 있다는 자각조차 없다니……. 뭐, 됐다. 다시금 말하겠다만, 나는 언니와는 관계가 없다. 언니가 무언가 암약을 벌인다면 각국을 소란스럽게 만드는 정도는 하겠지만, 무슨 목적으로 그러는지까지는 모른다. 하지만 상상은 간다. 너희 휴먼과 다시 싸울 방법을 찾아서, 이 시대를 뒤집으려고 하는 거겠지."

"……."

"언니는 책사다. 한다면 『한 방 갚아준다』 같은 어중간한 책략으로는 움직이지 않아. 승산이 있다는 거겠지. 반드시 대비해 두어야겠군. 나를 포함한 대부분의 데몬은 언니가 무엇을 하는지 모르지만, 전쟁이 시작된다면 기제 요새의 데몬도 호응할지도 모른다고."

대장은 침을 꿀꺽 삼켰다.

눈앞의 여자 데몬에게서 피어오르는 이상한 패기에 그만 허리춤의 검으로 손을 뻗을 뻔했다. 하지만 검을 뽑는 일은 없었다.

그야말로『한 방 갚아준다』라는 일조차 없이, 상대의 공격에 당하고 말 것이다.

하이 데몬은 그만큼 강력한 상대다.

"그러나 몇 번을 말하지만, 내게는 관계없다. 나는『오크 히어로』를 남편으로 맞는 것뿐이다. 『오크 히어로』가 언니를 통해서 당신들과 일을 벌일 생각이라면 나도 전선에 가담하겠지만……그럴 가능성은 낮겠지."

"어째서, 그렇게 생각하지?"

"『섀도 볼텍스』포플라티카가 무엇을 꾸미든,『오크 히어로』라는 패를 드래곤 토벌 같은 만행에 사용하진 않을 테니까."

"드래곤 퇴치……? 전날 드래곤이 날아갔다는 정보가 있었다만, 설마……."

"그래,『오크 히어로』가 드래곤을 무찔러서 우리 데몬을 구한 것이다."

별안간 믿기 힘든 이야기……라고 할 정도의 일도 아니었다.

『오크 히어로』가 드래곤을 죽였다는 소문은 휴먼 사이에서도 유명했다.

그것이 어느 정도의 위업인지는, 드래곤과 제대로 싸운 적이 없는 휴먼으로서는 썩 알 수 없는 일이지만…….

"그 정도로 데몬이, 오크를?"

"그 정도……? 무례한 녀석이군. 하지만 네가 그렇게 말하고 싶어지는 기분도 알 수 있다. 여하튼 우리도 드래곤 정도는 어떻게든 할 수 있다고 생각했으니까. 현자를 거느리고 대대적으로 전장에 나타나서, 그러나 큰 전과도 올리지 못하고 죽은 드래곤을 경시하는 건 자연스러운 사고방식이겠지. 하지만 말이다, 드래곤이라는 생물은 우리나 너희가 생각하는 것 이상으로 크고 강한 생물이다. 우리 데몬이 압도당할 정도로."

이길 수 있는 자는 거의 없다고, 아스모나디아는 말했다.

대장은 그 대답이 영 와 닿지 않는지 눈썹을 추켜세우는 정도로 그쳤다.

아스모나디아는 그것을 보고 "모르겠나"라며 조용히 웃었다.

"그러니 국경을 통과하게 해주었으면 한다."

"잠깐만. 뭐가 그러니, 라는 거냐. 못 지나간다고. 조약이 있는 한, 데몬은 국경을 지나가지 못하는 것으로 정해져 있다.

"아니, 정해져 있지 않다."

"뭐라고?!"

자신의 말을 부정당해서 대장은 긴장했다.

하지만 아스모나디아는 냉정했다. 미소 지으며 생글생글 계속 말했다.

"조약에는, 데몬의 통행은 금지되어 있지 않다. 그리고 나는 국경을 넘는 조건을 충족하고 있지."

"조건?"

"너희 휴먼이 정한 조건이다. 잊었다고 하진 않겠지."

그렇다, 휴먼은 확실히 데몬에게 나라를 나가기 위한 조건을 제시했다.

『하나, 무장을 금지한다.』

『하나, 서큐버스, 오거와의 교류를 금지한다.』

『하나, 초대받을 것. 또한 방문처와 이유를 명시하고 그것이 네 종족 동맹에 불이익을 주지 않을 것.』

아스모나디아는 씨익 웃었다.

"그러니까 우리는 국경을 넘는 걸 금지당하진 않았다. 무장 봉기나, 서큐버스나 오거와 공모하여 반란을 일으키는 것 따위는 금지되어 있지만, 그 이외의 나라와 외교하는 것은 허락되어 있지. 이제까지 드래곤 탓에 그것도 할 수가 없었다만."

히죽히죽 웃는 아스모나디아를 보고 대장은 더더욱 식은땀을 흘렸다.

무언가 자신이 돌이킬 수 없는 실수를 저지르고 만 것 같은, 그런 식은땀이 이마에서 줄줄 흘러내렸다.

"……초대를 받은 건, 아니야."

"초대받았다. 『오크 히어로』는 나를 원했다. 나는 동의하여 그의 나라로 간다. 이것이 초대받은 게 아니라면 무엇이란 말인가."

분명히 그렇게 말하는 아스모나디아의 표정은 마치 소녀 같았다.

하지만 그런 표정은 금세 사라졌다.

그리고 나온 것은 악마의 얼굴이었다.

상대의 실수를 비웃고 자신의 승리를 선언하는 데몬의 표정이었다.

"휴먼, 너희는 조금 우쭐했다. 우리 데몬이 무기를 버리고 리저드맨이나 하비, 하물며 오크나 페어리가 내민 손에 매달릴 일은 없다고."

대장도 아스모나디아도 모르는 일이지만 결코 휴먼이 우쭐해서 방심한 것은 아니었다.

조약에 조인한 『암흑 장군』이 빠져나갈 길을 몇 가지 준비해두었을 뿐이었다.

어쩌면 전쟁과 평화를 되풀이한 세계라면 그런 빠져나갈 길은 금세 발견되고 조인 전에 미리 못 쓰게 만들었을 테지만, 여하튼 이 조약을 생각한 사람들은 정전조차 경험한 적이 없는 이들뿐이었다.

"어떻게 하겠나? 『내가 알 바냐』라고 해도 된다고. 고작 다섯이서 나를, 이 『더스키 라이트닝』 아스모나디아를 막을 수 있다면 말이다."

다섯 명.

그렇다, 과거에는 서른 명 이상 가득했던 요새이지만 현재는 다섯 명밖에 없었다.

새로이 배치된 병사들도 결코 뛰어난 이들은 아니었다.

혹시 블랙헤드령의 사건 정보가 전해진다면, 이 요새를 첫 방어선으로 기능하게 만들고자 수백 명, 또는 천 명 규모의 병사를 보낼지도 모르지만, 지금은 다섯 명이었다.

대장 이하, 딱히 실력에 자신도 없었다.

물론 전쟁에서 살아남은 이들이기에 나름대로 할 수는 있겠지만…… 아스모나디아와 싸운다면 전멸은 필연일 것이다.

오히려 아스모나디아가 왜 그러지 않는지 알 수 없을 정도였다.

그냥 지나가면 그만인 것이다, 이 여자는.

그렇게 생각하는 것과 동시에, 대장의 온몸에 한기가 지나갔다.

"아니, 미안하군."

그것을 확인했는지 아스모나디아의 표정이 부드러워졌다.

잔소리를 마친 교사 같은, 용서를 내리는 사제 같은 다정한 표정으로.

"네 입장에서는 막을 수 없다는 걸 알면서도 멈추라고 할 수밖에 없겠지. 잘못된 질문이었어."

"……."

"사죄로 하나, 네게 정보를 주도록 하지. 거래 결과라고 한다면 네 입장이라는 것도 지킬 수 있을 테니까."

대장은 침을 꿀꺽 삼켰다.

솔직히 아스모나디아가 지나가겠다고 한다면 보낼 수밖에 없는 것이 현실이었다.

자신들이 그것을 그냥 보낸다면 틀림없이 질책을 당할 것이다.

어떻게든 매달려 있는 병사라는 직업도, 잃을지도 모른다.

그런 가운데 상대가 건넨, 감미로운 한 방울.

"정보……?"

함정임을 알고 있어도, 자신이 용서받을 수도 있다는 달콤한 꿈에 대장의 마음은 이끌렸다.

"데몬의 현재 상황에 대한 내용이다. 정찰조차 변변히 하지 않는 당신들에게는, 그야말로 더없이 바라는 정보겠지?"

"……듣도록 하지."

대장은 받아들이고 아스모나디아가 꺼내는 정보를 귀에 담았다.

데몬.

일찍이 영광을 자랑하던 최강의 종족은, 이제는 멸망의 시기를 맞이했다고.

그러나 최대의 위협은 사라졌다.

이제부터 총력적으로 다시 부흥할 가능성은 높다. 그리고 몰려 있는 것도 사실이기에, 포플라티카가 궐기한다면 데몬 대부분을 그것에 응하리라는 것도.

별안간 믿기 힘든 말이었다.

데몬은 거짓말을 잘하는 것이다. 그것도 페어리보다도 몇 배는 악질적인 거짓말을.

하지만 아스모나디아의 정보를 믿을지 판단하는 것은 대장이 아니다.

더 위에 있는 인간이다.

대장은 그저 아스모나디아로부터 그런 정보를 받았다고 전하기만 하면 그만이다.

"……보고는 하겠다."

"그렇게 해라. 그럼 나는 지나가겠다."

아스모나디아는 그렇게 말하더니 일어서서 시원스럽게 요새를 통과했다.

아무도 그녀를 막지 않고, 그녀 역시도 돌아보지는 않았다.

■

『더스키 라이트닝』 아스모나디아, 국경을 돌파하다.

그 정보는 순식간에 네 종족 동맹 안으로 퍼졌다.

각국은 그녀의 행동에 고개를 갸웃거릴 수밖에 없었다.

아스모나디아라는 인물에 대한 정보는 있었지만 그녀가 무슨 생각으로, 무슨 목적으로 행동하는지를 파악할 수가 없었으니까.

오크의 아내가 되겠다. 그런 말을 고스란히 받아들일 만큼, 각국은 머리가 이상하지는 않았다.

포플라티카한테 붙어서 암약한다고 생각하는 것이 자연스러웠다.

그러나 설령 그럴지라도 그녀가 대대적으로 움직일 이유는 없었다. 국경을 통과한다면, 과거에 그러했듯이 국경의 병사를 몰래 몰살시키면 그만이다.

이해할 수 없는 행동에 각국의 수뇌진은 그저 고개를 갸웃거릴 뿐이었다.

하지만 혹시 포플라티카와 짜고서 움직인다면 막아야만 했다.

아스모나디아를 붙잡고, 고문해서 정보를 털어놓게 만들자.

잘못된 판단이라면 그래도 상관없다. 데몬 하나 죽어봐야 곤란할 일 따위는 무엇 하나 없다.

그렇게 생각한 것은, 아스모나디아가 자기 영지를 통과하게 된 비스트였다.

앞선 소동 끝에, 『오크 히어로』를 상대로 다소의 울분은 풀린 비스트.

하지만 일곱 종족 연합에 대한 원한은 여전히 가지고 있었다.

전쟁이 끝났기에 자신들이 먼저 적극적으로 데몬을 배제하고자 움직이는 일은 없지만, 기회를 눈뜨고 놓칠 정도로 얕은 상흔이 아니었다.

아직 그들 안에는 고향에서 쫓겨나고 절멸 직전까지 내몰린 기억이 깊이 새겨져 있으니까.

그리고 불과 1년 정도 전, 성수가 시들어버린 원한이 추가되었다.

"역시 오거와 연계를 취하려고 했느냐, 우리 후각을 얕보지 말라고."

아스모나디아는 비스트 사냥개 부대에게, 오거 나라와의 국경 근처에서 붙잡혔다.

왜 그런 장소에 있었는가…….

"강아지는, 코는 좋지만 머리는 나쁜가 보군. 오크와 오거를 착각하다니."

"뭐라고?"

"나는 오크의 나라로 향하는 것뿐이다. 왜 오거가 나오지?"

"이 멍청한 데몬이, 오거의 나라와 가깝다는 것조차 모르는 거냐?!"

"이런, 다름 아닌 내가 길을 잘못 왔나."

그렇다. 아스모나디아를 길을 잘못 온 것이었다!

"웃기지 마라!"

"하하하하하!"

잘못 올 리가 없다.

『더스키 라이트닝』아스모나디아가 길을 잘못 올 리는 없다.

다 알고서 오거의 나라에 들러서 정보를 수집하려고 한 것이다.

데몬은 드래곤 때문에 4년 동안 거의 국외로부터 정보가 차단당한 상태였다.

그렇기에 아스모나디아는 지금의 세상에 대해서 거의 아무것도 모른다.

그러니까 우선 정보가 필요하다고 생각한 것이었다.

하지만 정보 수집을 위해서 휴먼이나 비스트의 나라에 들르려고 하지는 않았다.

데몬에게 신뢰할 수 있는 정보를 가지고 있는 것은 변함없이 오거나 서큐버스뿐이다.

"강아지가 상대다. 적당히 놀아주는 것 정도가 딱 좋겠지."

거짓말을 인정했다.

하지만 정보 수집은 아스모나디아에게 필요한 일이었다.

무지한 데몬에게 가치는 없다.

오크의 아내가 되더라도 그것은 변함이 없다.

설령 오크가 그런 것을 원하지 않더라도, 데몬에게는 이상적인 아내상이라는 것이 존재한다.

재색겸비, 남편의 패도를 물심양면 돕는 것이 최고의 데몬 아내라는 것이다.

오크는 거짓말을 못 한다.

그렇다면 결혼한 뒤, 아스모나디아가 거짓말이나 적당히 얼버무리는 역할을 모두 맡아야만 할 것이다.

오크의 아내가 된 데몬은 이제까지 한 사람도 없었기에 오크의 아내에게 거짓말이 필요한지는 알 수 없지만, 그럼에도 모색하고, 준비하고, 최선을 다하는 것이 데몬이라는 존재다. 여차할 때 아무것도 모르고 있어서는 데몬으로서 실격이다.

그것이 아스모나디아의 생각이었다.

그러니까 아스모나디아는 물러서지 않는다. 길을 잘못 왔다고 하면서도 돌아갈 기색조차 보이지 않았다.

"이 자리에서 처리해주마!"

"덤빌 테냐? 이『더스키 라이트닝』아스모나디아에게. 그 정도 숫자로!"

아스모나디아 포위망이 좁혀들었다.

아스모나디아의 손에 무기는 없었다.

상대는 비스트 나라 사냥개 병단 스무 명.

관문에 있던 다섯 명보다 많고, 게다가 비스트의 명성 자자한 유격 부대로서 다수의 임무를 소화한 정예들. 단 한 명을 상대로 움직이기에는 과장스럽지만, 데몬 장수를 친다면 두 배는 더 나오더라도 호들갑이 아니었다.

그만큼 데몬 장수를 물리치는 것은 어려운 일이었다.

그리고 무기가 없는 아스모나디아를 상대로 스무 명······ 아슬아슬할 것이다.

"맨손으로 허세 부리지 마라! 그르르르르으!"

"강아지들이 참으로 어리석구나! 길을 헤맬 뿐인 가련한 여자를 숫자로 포위하다니, 좋구나, 좋아!『오크 히어로』의 아내로서, 그 이름에 부끄럽지 않은 싸움을 선보여주도록 하지!"

그리고 서로의 긴장감이 최고조에 다다랐다.

아스모나디아의 양팔에 검은색 전류가 어리고 사냥개들이 검을 뽑았다.

사냥개들의 두 다리에 힘이 실리고 아스모나디아의 양쪽 뺨이 슥 올라갔다.

"잠깐!"

서로 움직이기 직전, 목소리가 들렸다.

기다리라는 말에 기다릴 줄 아는 것이 좋은 비스트.

사냥개 병단은 낯선 난입자에게 시선을 향했다.

물론 귀는 아스모나디아에게 향한 채, 코는 마력의 냄새를 감지하며 아스모나디아의 기습에 대비했다.

서 있던 것은 오거 소년 하나였다.

키에 걸맞지 않은 커다란 목도를 들고 땀투성이로 어깨를 들썩이며 서 있었다.

"아무리 데몬이라고 해도 길을 잃었을 뿐인 여자 하나에 이런 숫자로 몰려들다니, 비스트는 부끄러운 줄도 모르느냐!"

"누구냐?!"

사냥개의 수하에 소년은 대답했다.

"나는 오거족 대투사 루라루라의 아들 루도!"

"윽! 루라루라의?! 오, 오거가 왜 이런 곳에 있느냐!"

"있는 게 잘못이냐! 여긴 이미 오거의 나라 안이다!"

그 말에 사냥개들은 혀를 찼다.

영역 침범은 전승국인 비스트라도 문제가 되는 행위다.

하물며 군사 행동이라면 더더욱.

들킨 상대가 평범한 잔챙이라면 모를까, 소년은 자신을 대투사 루라루라의 아들이라 했다.

사냥개들의 입장에서는 오거의 높으신 분 자제라는 것이었다.

이 자리에서 처리하기는 꺼려지는 상대였다.

처리하는 것 자체는 아마도 가능하겠지만 은폐 공작의 준비는 무엇 하나 되어 있지 않았다.

"우리에게는 지시가 내려졌지만, 이 데몬은 너와 관계가 없을 텐데! 그냥 지나가라!"

그럼에도 물러나지 않고 치기를 원하는 것은, 그들의 역전의 전사이기 때문이었다.

데몬 장수는 처리할 수 있을 때에 처리하지 않으면 나중에 재앙을 초래하는 것이다.

"그럴 수는 없다! 그 데몬은 말했지,『오크 히어로』의 아내가 된다고! 나는『오크 히어로』배시 경의 제자이고, 내 동생 루카는『오크 히어로』배시와 결혼을 약속했다!『오크 히어로』의 아내가 된다면 가족이나 마찬가지! 관계없다고 지나갈 수는 없다!"

비스트는 종전 직전, 오거와 격렬하게 맞붙고 있었다.

대투사 루라루라.

비스트 맹자를 몇 명이나 죽인, 오거의 선봉이었다. 그 이름을 모르는 자는 없다.

그런 대투사 루라루라의 아들이자『오크 히어로』배시의 제자.

그 엄청난 직함은 사냥개들을 겁먹게 만들기에 충분했다.

비스트는 종전 직전, 그렇게까지 오크와 맞부딪치지는 않았다.

하지만 소문은 알고 있었다.

멸망 직전의 열세 와중에, 『돼지 살해자 휴스턴』이외의 휴먼 장수를 모두 무찌르고, 엘프 대마도사 선더 소니와 무승부, 그리고 생환하여 포위 중이던 두 종족을 떨게 만들었다는 소문은.

그리고 약 1년 전, 이누에라의 결혼식에도 완벽한 복장으로 나타나서 용사 레토의 명예를 지켰다. 성수가 시든 사건에서도 비스트를 위해 싸워주었다는 이야기도 있다.

응어리가 풀린 것만이 아니라 조금은 은혜도 있다.

그런『오크 히어로』의 제자.

터무니없는 빅 네임이었다.

사냥개 병단의 수장은 으득, 이를 갈았다.

"……."

방해하는 루도를 죽이고 자신이 책임을 진다, 그런 모양새로 하더라도 상관없다. 하지만 그런 빅 네임 두 사람을 상대로, 고작 스무 명이서 이길 수 있을까.

아스모나디아를 무찌르지도 못하고 전멸, 영역 침범의 죄와 은

혜도 모른다는 오명만이 남게 된다면…….

"여기까지인가…… 철수한다."

"영역 침범은 못 본 걸로 해두지."

"……고맙군."

물러날 수밖에 없었다.

이리하여 아스모나디아는 오거의 나라에서 한 소년과 만났다.

배시가 만든 인연이 두 사람을 대면시킨 것이었다.

■

얼마 후, 아스모나디아는 오거의 나라에 있었다.

오거의 나라에 존재하는 세 마을 중 하나, 마르가론이라는 마을이었다.

일곱 종족 연합의 강호국이었던 데몬, 오거, 서큐버스의 세 나라 중에서도 오거는 가장 단속이 느슨해서, 현재 일곱 종족 연합 중에 가장 번성하는 종족이었다.

그렇지만 패전국임에 변함은 없었다.

셋 중에서 가장 국경에 가까운 마르가론은 결코 번영한다고 말하기는 힘들었다.

너덜너덜한 집에 무척 지친 표정의 오거들.

일찍이 강한 힘과 호쾌함을 겸비하고 있던 종족이, 이제는 어두운 표정으로 거리 바깥쪽을 걷고 있었다.

어디나 마찬가지로군, 아스모나디아는 생각했다.

그런 마을 밖에 있는 어느 집으로 아스모나디아는 초대받았다.

루도와 루카의 집이었다.

"그럼, 우선은 감사 인사부터 하지, 대투사 루라루라의 아들 루도."

오거 문화에서는 의자는 사용하지 않는다.

땅바닥 위에 판자를 깔고, 모직물을 깔고, 그 위에 쿠션을 놓고 앉는다.

과거에는 땅바닥에 짐승 가죽 같은 것을 깔고 앉는, 현재의 오크와 비슷한 스타일이었지만, 긴 전쟁에서 비스트와 오랫동안 싸웠던 오거는 그들의 문화를 어느샌가 흡수하여 지금이 이르렀다고 여겨진다.

아스모나디아는 그것을 따라서 쿠션 위에 양반다리로 앉아 있었다.

"저 정도 녀석들이라면 물리치는 건 간단했지만, 나는 여행 중인 몸이다. 비스트한테 쫓겨 다니는 것도 상황이 좋진 않았지."

"아뇨, 그보다도 당신…… 아니, 너."

루도는 그런 아스모나디아를 노려봤다.

"스승님의 아내라고 그랬지?"

"그러는 너는,『오크 히어로』의 제자라고 자칭하더군."

서로가 서로의 말에서 수상쩍은 느낌의 뉘앙스를 알아차렸다.

경우에 따라서는 그것이 분노로 바뀌어 상대를 규탄하고, 때로 결투도 불사한다.

그런 기백을 양측은 가지고 있었다.

"루도. 『오크 히어로』는 평범한 전사가 아니다. 오크족의 모두에게 인정받은 최강의 전사다. 그의 제자를 사칭한다면 오크라는 종 그 자체에게 원망을 받아서 살해당한다고?"

"데몬이 오크의 아내를 자칭하는 건 어떨까? 데몬은 긍지 높은 종족이야. 오크한테 범해졌다는 소문이 도는 것만으로, 너는 데몬의 수치로 후대까지 망신을 당하는 건 아닌가?"

견제 같은 말의 응수.

"나는 확실히 스승님이 얼마나 굉장한 사람인지 모르고 제자로 받아달라고 지원했어. 분수도 몰랐다는 건 자각해. 하지만 스승님은 나를 제자로 삼아주셨어. 나는 그에 부끄럽지 않도록, 매일 스승님께 배운 것을 반복할 뿐이야."

"나는 드래곤의 불길에 타서 죽어가던 참에 구원을 받았다. 『오크 히어로』는 드래곤을 쓰러뜨리는 대신에 날 아내로 달라며 부탁하고, 내 아버지 시켄스는 그것을 승낙했지. 그리고 데몬도 정말로 강하고 멋진 남자라면 반하기도 한다. 설령 오크일지라도."

힘이 풀렸다.

두 사람은 서로의 진의를 확인하고 끄덕였다.

『오크 히어로』배시.

그자에게 큰 은혜를 입은 두 사람은, 서로가 시답잖은 거짓말을 하는 것이 아님을 알고 긴장을 푼 것이었다.

그렇다, 아스모나디아도 조금은 긴장하고 있었다.

아스모나디아가 거짓말을 했을 경우에 루도에게 그것을 책망

할 만큼의 힘은 없지만, 그래도 한 인간이 모든 것을 걸고 싸움에 도전한다면 무언가가 벌어질 가능성은 있으니까.

"후후."

아스모나디아는 표정을 풀고 루도 옆을 봤다.

그곳에는 여전히 험악한 표정인 소녀── 루도의 동생, 루카의 모습이 있었다.

"드래곤 슬레이어『오크 히어로』정도 되면 나 말고도 아내가 한둘은 있더라도 당연하다고 생각했지만, 너 같은 어린아이한테까지 손을 댈 줄이야."

루가는 그 말에 미간을 확 추어올렸다.

"저한테는 아직 손을 대지 않았어요. 어른이 되면 하겠다는 약속이에요."

"오, 그건 실례했다. 점을 찍어뒀을 뿐이었나."

마치 자기 쪽이 한 걸음 앞서 나간다고 그러는 것 같이 도발적인 미소.

실제로 배시는 아스모나디아에게 점도 찍지 않았지만, 그녀의 인식에서는 이미 승리자였다.

왜냐면 자신은 드래곤이라는 강력한 적을 쓰러뜨리면서까지 손에 넣으려고 한 존재니까.

"이것 참, 이래서는 아내가 몇 명이나 있을지……."

"모르겠지만, 적이었던 분한테도 프러포즈를 했으니까…… 나름대로 있지 않을까요."

"오크니까 어쩔 수, 없나…… 너는 왜『오크 히어로』의 약혼자가 되었지? 루라루라의 딸이라면 오크의 아내가 아니더라도 상대는 또 있을 텐데."

"저는, 어머니의 복수를 도와주시는 대신에 아내가 되겠다고."

아스모나디아는 그것을 듣고 시시하다는 듯 코웃음 쳤다.

"흥, 그렇군. 그런 일이라면 이제 필요 없겠지. 『오크 히어로』에게는 내가 말해두겠다. 오거 여자는 물러났다고."

"그건 곤란해요. 그게…… 저도……."

그러나 루카의 망설이는 모습을 보고 한쪽 눈썹을 올렸다.

어라어라, 아무래도 이 소녀는 꽤나 『오크 히어로』를 좋아하는 모양이라고.

"흠. 뭐, 그런가. 오크라고는 해도 우리 상위 종족이 충분히 반할 가치가 있는 남자다. 그도 당연하지. 그런 남자가 각국을 여행하고 있으니. 녀석이 자기 나라로 돌아갔을 때는 그 이름, 그 칭호에 걸맞은 여자가 상응할 만큼 있을 테지. 너도 정진해야 할 거라고."

데몬으로서는 아내 여럿 중 한 사람이라니 자존심이 허락하지 않지만, 아스모나디아는 그중에서 으뜸이 될 자신이 있었다.

아니, 지금 이미 자신이 으뜸이라 확신하고 있었다.

왜냐면 그녀는 데몬이니까.

"응?"

그런 아스모나디아는 문득 조금 전의 발언 가운데, 이상한 말이 섞여 있었다는 사실을 떠올렸다.

"……잠깐, 어머니의 원수? 루라루라 말인가? 루라루라가 죽었다는 건가?"

"예. 서큐버스의 나라를 습격한, 이름도 없는 검사에게."

"이름도 없는 검사? 어떤 녀석이지?"

"얼굴에 화상을 입은 휴먼 여검사예요."

"……아아."

루라루라를 쓰러뜨렸을, 얼굴에 화상을 입은 이름도 없는 휴먼 여검사.

그에 해당되는 인물을 아스모나디아는 하나 알고 있었다.

아스모나디아는 루라루라를 쓰러뜨린 것은 그녀라고 단정 지었다.

"뭐, 그 녀석과 싸웠다면 훌륭한 최후였겠지."

"아는 사람인가요?"

"한때는 데몬이 보호하여 숨기고 있었으니까. 종전 후로는 보이지 않는다고 생각했더니, 그런가, 루라루라를 죽이고……『오크 히어로』와……."

과연 그렇겠다며 아스모나디아는 수긍했다.

아주 잠깐 오거 남매와 대화를 나눈 것만으로도 많은 것이 보였다고 흐뭇하게 미소를 지었다.

"참고로『오크 히어로』는 복수에는 성공했나?"

"아뇨, 비겼어요. 애당초 여검사는 서큐버스의 나라에서 무언가 할 일이 있었던 모양이라……."

"호오, 자세히 들려줘."

"으음, 저도 전부 다 아는 건 아니지만요……."

이야기를 시작하는 루카로부터, 아스모나디아는 서큐버스의 나라에서 벌어진 일의 정보를 얻어냈다.

'흠, 저 여자, 꽤나 안 보인다 싶었더니 포플라티카의 부하로 전락했나.'

그리고 그런 결론에 다다랐다.

'흠.'

아무래도 눈앞의 두 사람은 원수를 갚고자 각국을 돌아다녀서 그런지, 나이치고는 각국의 정세에 대해서 잘 아는 모양이었다.

그렇다면 싶어서 아스모나디아의 표정은 밝아지고, 상대의 경계심을 풀듯이 싱긋 웃으며 제안했다.

"자, 루카. 너는 나와 마찬가지로 『오크 히어로』의 아내이다만, 나이 탓에 지위는 낮겠지. 하나 부탁을 들어준다면 같은 아내로서 편의를 봐주도록 할까."

"그건 들어주지 않는다면 결혼 후의 생활에서, 저를 무시하겠다는 건가요."

"설마. 이런 곳에서 우연히도 같은 입장의 여자와 만났으니, 친해지기 위한 구실이다. 뭐, 부탁도 대단한 건 아니야. 데몬은 최근 몇 년, 눈과 드래곤에게 갇혀 있었기에 바깥세상의 소식에 어두워. 최근 몇 년 동안 있었던 일을, 가능한 한 가르쳐주지 않겠나?"

"그 정도라면……."

이리하여 아스모나디아는 자신의 목적을 달성했다.

그녀의 예상대로 루도와 루카는 오거 중에서도 나름대로 바깥세상의 소식을 잘 알고 있었다.

오거이지만 휴먼과의 혼혈, 게다가 어린아이다보니 각국의 사람들도 경계심이 느슨했을 것이다. 조금이기는 하지만 본래라면 알 수 없을 정보도 가지고 있었다.

각국 수뇌부의 생각까지 아는 것은 아니지만 아스모나디아는 데몬이다.

가장 똑똑한 종족인 그녀는, 두 사람의 대화를 듣는 것만으로 어찌어찌 현재의 세계정세에 대해서 짐작을 하고 있었다.

'결국에 각국은 아직 자국이 품은 문제를 미처 해소하지 못한 것 같군.'

그렇다면 일곱 종족 연합의 각 종족이 부흥할 방도도 있다는 것이었다.

휴먼은 어디까지나 휴먼이었다.

모든 종족 가운데 가장 빈약하면서도 가장 싸움을 원하는 종족.

그들은 언젠가 휴먼들끼리 싸우기 시작할 것이다.

어쩌면 다음 표적은 엘프나 드워프일지도 모르지만…… 휴먼은 교활하기도 하다. 동시진행으로 일곱 종족 연합도 박살내기는 할 것이다.

하지만 아직 유예는 있다.

"『오크 히어로』는 언젠가 오크 킹이 되겠지. 녀석은 그만한 그릇이야. 녀석이 킹이 되고 내가 보좌한다면, 오크는 멸망을 피할 수 있다."

"예에……?"

"반대로 말하면, 우리가 힘을 빌려주지 않으면 오크는 멸망한다.

여하튼 오크는 머리가 나쁘니까. 지금의 정세를 따라가지 못해."

"배시 님은 머리가 나쁘지 않아요."

"아니, 『오크 히어로』도 오크다. 사려 깊고, 다정하고, 든든하고, 강할지라도 지혜는 없지. 그런 법이야. 그렇기에 보좌해야만 해. 아내로서 남편의 나라가 멸망하는 것을 지켜볼 수만은 없으니까. 반대로 우리가 얼마나 오크에게 헌신하는가, 그것으로 앞으로 각 종족과 오크의 관계도 정해지겠지."

"……거기까지 생각하고 있군요?"

"당연하지. 왕의 아내가 된다는 건 그런 것이다."

배시에게는 오크 킹이 될 예정 따위는 없으니까 당연하지 않았다.

하지만 루카는 그런 것은 모른다.

루카의 눈은 어느샌가 반짝반짝 빛나고 있었다.

배시와 약혼해서 언젠가 자신은 배시 곁으로 시집을 간다는 것은 알고 있었지만 그 후의 생활에 대해서는 그저 흐리멍덩하게만 느꼈는데, 아스모나디아의 말로 크게 눈이 트이는 것 같았다.

트인 눈앞에 보이는 것은 배시가 상상도 하지 않을 법한 광경이었지만.

"저, 조금 어설프게 생각했을지도 모르겠어요."

"네 나이라면 어쩔 수 없는 일이다. 하지만 너는 지금 생각을 바꾸었어. 그렇다면 문제없겠지. 어떠냐. 같이 오크의 나라로 가겠느냐?"

"괜찮을까요?"

"상관없겠지. 우리는『오크 히어로』의 아내니까."

상관없을 리가 없었다.

데몬과 오거는 교류가 금지되어 있고, 함께 오크의 정치에 개입한다면 그것만으로 휴먼과 엘프의 분노가 하늘을 찌를 것이다.

"루도, 너도 와라.『오크 히어로』정도는 아니지만 나도 어엿한 무인이라고 생각한다. 수련 상대 정도는 해주마."

"괜찮아……?"

"네 동생이『오크 히어로』와 약혼했다면 너는 가족이다. 강하게 만들어주지. 게다가 제자가 약해서야『오크 히어로』의 이름에 먹칠을 할 테니까."

루도는 아직 배시가 시킨 그대로 계속해서 체력만 쌓고 있었다.

독자적으로 검을 휘두르고는 있지만 슬슬 누군가에게 배우고 싶은 시기이기는 했다.

시기를 봐서 오거 검호를 찾을 생각이었지만, 아스모나디아에게 사사할 수 있다면 더없이 좋은 일이었다.

"잘 부탁합니다."

이리하여 아스모나디아와 오거 남매의 여행이 시작되었다.

∎

"턱을 당기고, 검은 똑바로 들어라.『오크 히어로』의 자세와는 다르지만, 제자라고 해서 무턱대고 흉내를 내려 생각하지 마라."

아스모나디아의 훈련은 여행에 나서자마자 시작되었다.

"네가 알아야 할 것은 기본이다. 안심해라. 너는 소질이 있어. 검을 휘두르는 모습은 잔챙이 그 자체이지만 하반신이 잘 단련되어 있어. 『오크 히어로』의 가르침 덕분이겠지."

"……예!"

"오거에게는 오거의 방식도 있겠지. 하지만 우선은 기초를 배워라. 그리고 그곳에 자신이 잘하는 것을 더하면 된다. 검인가, 마법인가, 또는 주먹인가. 자신이 강해지는 비전은 자신 안에만 존재한다. 항상 자신에게 무엇을 더하면 강해질지 생각해라. 그리고 실전에서 시도해라. 그리하여 강해진다면 모두가 너를 『오크 히어로』의 제자라고 인정하겠지. 설령 그 전투 방식이 오크와 크게 동떨어진 것일지라도."

아스모나디아의 가르침은, 배시와는 다른 의미로 스파르타였다.

사고를 멈추지 말고 항상 생각해라.

훈련 내용에 의미를 갖고, 자신이 하는 일의 의미를 생각하게 만든다.

무의미한 일은 시키지 않는다.

몸을 움직일 때야말로 머리를 풀 회전시킨다.

그리고 그다음은 배시와 같았다.

쓰러질 때까지 훈련을 시킨다.

"좋아, 괜찮은 느낌으로 풀어졌군. 오늘은 저 마수를 베어봐라."

기본적으로는 아스모나디아가 상대를 하며, 때로 근처에 있던 마수와 싸우도록 했다.

이제까지라면 서식하는 영역조차 피해 다녔을 법한 마수였다.

그날에 선택된 것은 코카트리스라고 불리는 마수로, 수탉의 몸과 뱀의 꼬리를 가지고 강한 독과 열선 마법을 사용한다. 마수 중에서는 결코 큰 편은 아니지만 그럼에도 루도보다 한 아름은 크고 민첩해서 위험한 상대였다.

"허억…… 허억……."

아스모나디아와 배시의 훈련은 여러모로 차이가 있었다.

하지만 가장 명확한 것은, 아스모나디아의 훈련으로는 루도 안에서 기술적인 것이 눈에 띄게 성장했다는 것이리라.

결코 배시의 가르침이 서툴렀던 것은 아니다.

배시에게 받은 훈련 덕분에 아스모나디아의 훈련에 견딜 수 있는 토대가 생긴 것이었다.

"음. 나쁘지 않군. 역시 루라루라의 아들이라고 해야 할까."

얼마 후, 루도의 눈앞에 시체 하나가 완성되었다.

코카트리스는 꼬리와 목이 잘려서 절명했다.

반면에 루도는 온몸이 화상투성이였다. 만신창이지만 독만큼은 당하지 않았다.

치명적인 공격을 피하며 장기전으로 끌어들여서 상대와 체력 승부를 하고, 멋지게 쓰러뜨린 것이었다.

"코카트리스를 해치울 수 있다면, 대부분의 마수는 처리할 수 있겠지."

아스모나디아는 이 결과에 만족했다.

코카트리스는 강력한 마수다.

강인한 하체, 민첩한 움직임에 더해서 독과 열선, 파워와 스피

드, 포박, 원거리 공격. 틈은 거의 없고, 어지간한 마수들조차 피할 법한 존재다.

아스모나디아는 턱에 손을 대고서 생각하고, 손뼉을 짝 쳤다.

"역시 짐승이 아니라 사람을 상대해야 하나. 좋아, 오크의 나라에 도착할 때까지는 사람이 사는 마을은 피할 생각이었지만, 도중에 전사를 찾아서 싸움을 도전하러 가지 않겠나."

마수가 아니라 사람을 덮친다.

그런 뒤숭숭한 아이디어에 제아무리 루도라도 목소리를 높였다.

"저기, 그런 짓을 했다가 문제가 되지 않을까요?"

그러나 그런 루도에게 아스모나디아는 코웃음을 쳤다.

"멍청하긴. 목숨을 걸고 싸우는 것도 아닌데 문제가 될 리 없겠지. 너는 아직 어리니까 모르겠지만, 어느 나라에든 무인은 있다. 어린아이가 대련을 부탁하는데 싫다고 하지는 못할 무인이 말이다."

뭣하면 오크의 나라에 가도 얼마든지 있는 것이다.

하지만 아스모나디아는 오크의 나라에 도착할 때까지 루도를 어느 정도 물건으로 만들어놓기를 바라고 있었다.

아스모나디아는 데몬이다. 오크에 대해서는 그럭저럭 잘 안다.

배시는 격이 다른 존재라고 생각하지만, 오크의 나라에 있는 어중이떠중이는 멍청한 녀석들이다.

강한 완력으로만 사람의 가치를 젤 수 있는 종족이다.

그런 장소에 배시의 제자를 자칭하는 소년이 나타난다면 어떻게 될까.

도전할 것이다. 승부를.

『오크 히어로의 제자』라는 존재를 보고 다른 오크들이 잠자코 있으리라 여겨지지는 않았다.

그런 가치가 있느냐고 실력 발휘를 요구받을 것이다.

강하면 된다. 모두를 쓰러뜨린다면 그것으로 충분하다.

또는 그럭저럭 괜찮은 전사를 쓰러뜨리고, 그럭저럭 괜찮은 맹자와 좋은 승부를 벌인 다음에 패배한다면 그래도 괜찮다.

하지만 오크의 나라에서도 얕보일 법한 하급 전사에게 진다면 루도는 그 자리에서 살해당할 것이다.

너 따위가 오크 히어로의 제자를 자칭하다니 용서할 수 없다고.

그렇게 된다면 그를 데려온 아스모나디아나 동생인 루카의 주가도 내려갔다.

그에 대해서는 아스모나디아가 조금 날뛰면 충분한 이야기지만…… 그녀로서는 배시의 주가가 떨어질 가능성을 걱정하고 있었다.

지도자로서의 적성이 없다고 여겨질 가능성도 있다.

아스모나디아는 배시가 언젠가 오크 킹이 되리라 보고 있는데, 지도자로서 미숙하다고 여겨진다면 따르지 않는 자가 나올지도 모른다. 쿠데타다.

물론 지나친 생각이었다.

하지만 아스모나디아로서는 배시가 오크라는 종족 안에서 조금이라도 바보 취급을 당하는 것이 참을 수 없었다.

걱정거리는 철저하게 해소하는 것이 그녀의 방식이었다.

"저기, 아스모나디아 님."

"나는 언니라고 불러라. 너희는 가족이니까."

목소리를 높인 루카에게 아스모나디아가 다정하게 타이르듯
그리 덧붙였다.

"아, 예. 언니…… 저기, 데몬은 게디구즈 님을 부활시켜서, 그
쪽에 붙는다고 생각했는데요."

게디구즈 부활.

그 정보는 이 여정 도중에 얻은 것이었다.

미스트랜드에서의 싸움, 포플라티카 암약, 진짜처럼 흐르는 소
문…….

그것을 통합한 아스모나디아는 포플라티카의 목적이 『게디구
즈 부활』이고, 그 후에 전쟁을 일으켜서 현재 상황을 뒤집으려 한
다는 짐작을 세웠다.

"언니나 아버님이 어떻게 생각하는지는 모른다. 나는 『오크 히
어로』를 따른다. 다만……."

"다만?"

"어느 쪽에 붙을지 내게 조언을 구한다면, 데몬 대부분이 붙는
쪽과는 반대쪽에 붙을 것을 권유하겠지…… 뭐, 데몬은 게디구즈
님을 아직 숭배하니까 휴먼 쪽에 붙게 되겠지."

"어째서?"

"휴먼이 이길 경우, 나는 『오크 히어로』의 아내라는 입장으로
데몬을 존속시키기 위한 탄원이 가능하다. 언니 일행이 이겼을
경우, 내 존재를 이용해서 오크 존속의 탄원이 가능하다. 탄원의

결과가 어떻게 굴러갈지는 알 수 없지만, 양쪽 종족을 존속시키기 위해서 움직일 수 있는 입장에 있는 건 나뿐이다. 그렇다면, 그리해야지."

담담하게, 당연하다는 듯이 이야기하는 아스모나디아를 보고 루카가 눈을 반짝였다.

루도도 그 말을 들으며 생각에 잠기듯 턱을 쓰다듬었다.

"저도…… 그 정도는 생각해두는 편이 좋을까요?"

"그래, 생각해라. 오거는 똑똑한 종족이다. 지혜를 잊어서는 상위 종족이라 할 수 없지. 하지만 지금은 그런 일에 머리를 굴릴 여유는 없다."

아스모나디아는 그렇게 말하고, 우선은 강해져야 한다고 불을 지폈다.

"자, 무사 수행이라고는 했는데 어디를 들러야 할까…… 비스트는 안 되겠지. 리저드맨은 괜찮지만, 조금 멀어. 하피와 페어리는 훈련이 안되고…… 엘프와 휴먼은 안 되겠군, 녀석들은 교활해. 슬며시 살해당할지도 몰라. 그렇다면 드워프인가. 도중에 도반가 공이 있었군."

그 말에 루도가 기쁜 듯 목소리를 높였다.

"그러고 보니 스승님은 도중에 도반가 공을 들렀다고 했어요. 무신구제에서 어깨를 나란히 하는 강적을 무찌르고 우승을 거두었다나. 역시 대단하시네요."

우승은 하지 않았지만 그에게 이 정보를 준 것은 젤이라서 딱히 신기할 것도 없었다.

젤 안에서는 우승한 것으로 되어 있었다.

페어리에게는 역사를 뒤트는 힘이 있는 것이다.

"우승이라니 당연하지.『오크 히어로』에게 일대일로 이길 수 있는 녀석이 있겠느냐. 혼자서 드래곤을 타도한 남자라고? 오히려 어른스럽지 못하군. 갓난애들 싸움에 끼어든 거나 마찬가지일 텐데……."

아스모나디아는 거기까지 말하다가 고개를 갸웃거렸다.

"음? 오히려『오크 히어로』정도의 전사가 그런 대회에 나가는 건 이상하군. 뭔가 이유가 있었을지도 모르겠어."

아스모나디아는 그 이유에 대해서 생각했다.

그러나 떠오르지 않았다. 배시가 노예 오크를 해방하기 위해서 싸웠다. 그 정보를 모르니까.

페어리가 정보를 이야기할 때, 그곳에는 중요한 무언가가 빠져 있는 법이다.

뭐, 노예 오크를 해방하기 위해서 싸웠다는 것도 진실은 아니지만…….

"잠깐만, 무신구제라면 우승자는 바라는 것을 얻는다고 들었다. 그렇다면 오크가 바라는 것은 자명한가."

오크가 싸움 끝에 손에 넣고자 바라는 것.

그것은, 여자가 틀림없다.

명예를 위해서 싸우는 배시라고 해도 막상 여자를 안을 수 있는 타이밍이 있었다면 안았을 것이다. 그렇다, 아스모나디아를 그렇게 해서 손에 넣었듯이.

"도반가 공에는 『오크 히어로』의 다른 아내도 있을지도 모르겠군. 겸사겸사 그 녀석도 찾아볼까. 가능한지는 모르겠지만 무기도 조달하고 싶다."

"알겠어요."

아스모나디아는 그렇게 결정하고 도반가 공으로 이어지는 길을 가기로 했다.

■

아스모나디아의 방문으로 도반가 공은 소란스러워졌다.

여하튼 최근 몇 년, 연기처럼 무대에서 모습을 감추었던 데몬이 갑자기 방문했으니까.

그것도 데몬 중진 시켄스의 딸 중 하나, 『더스키 라이트닝』 아스모나디아.

거물이었다.

드워프 중에서 그 이름을 모르는 자는 없을 것이다.

여하튼 과거의 명공 가바라반가의 명성을 땅에 떨어뜨린 인물이다.

그 마법은 방패를 관통하고 갑옷에 구멍을 뚫었다.

드워프가 자랑하는 방어구를, 착용자까지도 간단히 저 세상으로 보낸 것이었다.

배시가 입국했을 때와 비교도 안 될 만큼 경계당했다.

"그래서 그 유명한 데몬 무인이, 이곳 도반가 공에는 어떠한 용건일까?"

아스모나디아와 기타 두 명은 드워프의 회의소로 연행되어, 그곳에서 설명을 요구받았다.

아스모나디아는 그것에 거스르지 않고 당당하게 말했다.

"뭐, 『오크 히어로』의 제자가 무사 수행을 하고 싶다 해서. 이곳에는 투기장도 있는 모양이고, 너희 드워프는 강인하지. 마침 잘 됐다고 생각해서 데려왔다."

『오크 히어로』의 제자.

그 말에 시선이 향한 것은 오거 소년 루도였다.

이런 애송이 상대를, 드워프라면 그렇게 생각할 참이지만 『오크 히어로』의 제자라면 이야기는 다르다. 그런 인물의 무사 수행에 상대로서 선택된 것을 자랑스럽게 여기기조차 했다.

하지만 그것도 배시가 이 자리에 있다면, 말이다.

"배시 경의 제자가 이곳에서 수행하고 싶다면, 그건 이해할 수 있다. 하지만 데몬인 네가 왜 이곳에 있지?"

"그 설명이 필요한가? 필요하겠군. 나는 『오크 히어로』의 아내가 되었다. 그렇기에 오크의 나라에서 살고자 생각해서 말이다. 아내가 남편의 나라에서 사는 건 전혀 이상한 일도 아니겠지?"

"……?"

데몬이 오크의 아내가 된다.

영문 모를 헛소리가 튀어나와서 드워프들의 경계심이 강해졌다.

데몬은 때로 어려운 말로 상대를 현혹한다.

"으음……."

바라바라도반가가 자리를 비운 상황에서 도반가 공을 맡은 도반가의 자식 중 하나 아라아라도반가는, 도저히 그녀의 진의를 판단할 수가 없었다.

데몬이 『오크 히어로』의 아내가 되었다.

에두른 표현이라면 아라아라에게는 조금 지나치게 어려웠다.

"무슨 뜻이지?"

"그 말 그대로의 뜻이다."

"데몬이……? 별안간 믿을 수가 없다만……."

에두른 표현이 아니라면 거짓말의 부류일 것이다.

그런 거짓말을 믿는 사람 따위, 드워프 중에는 전무했다.

……그렇게 말하고 싶은 참이지만 불과 1년 정도 전, 도반가 공을 방문한 배시라는 존재는 드워프들의 기억에 또렷이 남아 있었다. 무신구제에게 화려하게 싸우고, 바라바라도반가에게 승리하고, 결승에서 진정한 오크의 결투를 보여주었다. 오크는 투기장의 구경거리 따위로 써서는 안 된다고 주위에 증명해보였다.

그 기억은 선명해서 아직도 술집에서 이야깃거리가 될 정도였다.

그것만이 아니었다. 불쑥 찾아온 추방자 오크가 그 이야기를 들은 순간, 개심해서 나라로 돌아갔을 정도였다.

여자를 보고 혀를 날름거리며 천박한 표정으로 천박한 말을 던지려던 오크가, 배시의 이름과 그의 무용담을 이야기한 순간에 얌전한 표정으로 발길을 돌린 것이었다.

아무리 드워프가 둔감한 종족이라 해도 『오크 히어로』 배시의 존재가 얼마나 큰지는 알았을 것이다.

『배시가 데몬의 나라까지 가서, 데몬 여자를 신부로 받았다.』

그런 동화를 고스란히 믿을 정도로, 배시라는 존재는 강렬했던 것이다.

"나도 상대가『오크 히어로』가 아니었다면 오크의 아내 따윈 되지 않아. 너희도 알고 있겠지? 진정한 영웅 앞에서는 종족 따윈 관계없는 법이다."

"확실히 그만한 전사라면……. 풍문으로는, 엘프 대마도사 선더 소니아에게도 인정을 받고, 원수로 여기던 비스트 공주님의 결혼식에도 참가했다고 하지. 데몬 아내가 생겨도 이상하진 않아."

"하하하, 들은 이야기로는, 저 선더 소니아는『오크 히어로』의 구혼을 거절했다 들었다고! 자존심 강한 엘프답게 바보 같은 여자로군! 하지만 그래도 인정하기는 했나! 당연하겠지. 몇 년 동안 데몬을 잔뜩 괴롭힌 드래곤을 격퇴했다. 오만하고 난폭한 엘프도 그의 가치 정도는 알아봤겠지!"

"드래곤을……!"

드래곤이라는 말에 드워프들의 얼굴에 흥미의 빛이 떠올랐다.

그러나 아스모나디아는 자세히 이야기하지는 않았다.

그 부분은 유료인 것이다.

그런 것도 아니고, 사실 아스모나디아도 잘 모르기 때문이었다.

어떻게 드래곤을 쓰러뜨렸는지, 알 수 있을 리도 없었다.

아스모나디아 본인이 알고 싶을 정도였다. 지금의 아스모나디아라면 배시의 품에 안겨서 황홀한 표정으로 그 이야기를 들을 것이다.

"그렇게 됐다. 나는 데몬이지만 오크의 일원이기도 하다고 생각해줬으면 한다. 우선, 가족이 오크 사이에서 얕보이지 않도록 수행을 하고 싶은 것이다. 겸사겸사 무기도 몇 가지 장만하고 싶군."

"데몬이 국외에서 무기를 가지는 건 금지되어 있을 터인데?"

"조문을 잘 읽어라. 국외로 나갈 때에 무장을 금지한다는 것뿐, 국외에서 무기를 조달하는 걸 금지하진 않았다. 익숙한 무기가 없다는 건 타격이 있지만…… 드워프제 무기에도 흥미는 있었다. 너희는 정말로 좋은 무기를 만드니까."

"호, 호—오."

무기를 칭찬하면 어쩐지 자랑스러워지고 마는 것이 드워프라는 종족이다.

하물며 상대는 좀처럼 다른 종족을 칭찬하지 않는 데몬이었다.

아스모나디아가 무기를 손에 넣고 싶으니까 다소 빈말을 하는 부분도 있겠지만, 그러나 그만큼 드워프의 무기는 품질이 높은 것이다. 열한 종족 모두의 무기를 비교한다면 데몬이나 드워프 중 하나가 최고라고 의견이 나뉠 정도로.

마법 무기에 대해서는 데몬의 손을 들어주겠지만, 무기 그 자체의 높은 품질은 드워프 쪽이 위라고 할까.

"어떠냐? 나한테도 한 자루, 만들어줄 순 없겠나?"

그런 라이벌인 데몬이 무기를 희망한다.

드워프로서는, 표면상으로는 복잡한 표정을 지으면서도 내심 싱글거리며 "뭐, 어쩔 수 없네"라 말하고 싶어질 상황이었다.

하지만 아무리 드워프가 둔감하다고는 해도 바보는 아니었다.

눈앞의 교활한 데몬이 국외에서 무기를 손에 넣는 것을 돕는 일의 위험성도 뇌리를 스쳤다.

무언가 문제가 벌어져서 책임을 따지게 된다면, 그 책임은 드워프 전체에 미칠지도 모른다.

휴먼이나 엘프에게 규탄을 당할 가능성도 생길 것이다.

"드워프제 무기를 가질 허가는 내리겠다. 하지만 데몬에게 무기를 만들어주고 싶다는 녀석이 과연 있을지……."

그 자리에 있던 드워프 중진들은 냉엄하게 그리 대답했다.

드워프는 성실하고 굳세어 보이면서도 실제로는 보수적인가.

확실히 보수적인 부분은 있다.

하지만 동시에, 강자에게 무기를 만들어주고 싶다는 욕심도 가지고 있었다.

여하튼 그 상대는 다름 아닌 아스모나디아다.

드워프의 방어구를 찢어발기던 이 여자가 드워프의 무기를 든다. 대체 어떻게 되어버리는가, 최강의 전사가 탄생하고 말지는 않을까. 그런 기대로 가슴이 두근두근 쿵쾅쿵쾅.

아니, 나도 딱히 만들고 싶지는 않다만? 네놈들이 하라고 그런다면 뭐, 내가 해도 될까.

이 여자는 보기에 완고할 것 같으니까, 여기서 누군가 만들지 않고서는 돌아가지 않겠지?

그런 느낌으로 안색을 살피고 서로를 견제하는데, 그중 하나가 일어섰다.

"당신들한테 만들 생각이 없다면, 내가 만들겠어!"

일어선 것은 말석에 앉아 있던 젊은 여자 하나였다.

드워프치고는 조금 생김새가 달랐다.

휴먼과 드워프의 혼혈.

"너는?"

"나는 프리메라. 언젠가 배시의 무기를 만들 여자야. 배시한테는 신세를 졌으니까. 그의 가족이라면, 내가 하겠어!"

"호오? 큰소리를 치는군. 저『오크 히어로』의 무기를 만든다니, 주제도 모르는 짓이라 생각하지는 않나?"

"생각해. 하지만 약속도 했어. 지금 쓰는 검이 부러진다면 무기를 만들어달라고."

조금 부끄러운 듯, 그러나 자신만만하게 그리 말하는 프리메라를 보고 아스모나디아는 씨익 웃었다.

"크큭, 그런 일인가…… 그렇군.『오크 히어로』녀석, 꽤나 얼굴을 보잖아."

그렇게 말하자 프리메라의 뺨이 붉게 물들었다.

"뭐야. 불만 있어?"

"없다. 그렇다면 네게 부탁하지."

프리메라는 그리고 얼버무리듯이 주위를 둘러봤다.

"오빠랑 아저씨들은 반대하는 모양이지만, 나 같이 미숙한 녀석이 만든다면 불만도 없겠지?"

프리메라의 그 말에 다른 드워프들은 "사실은 내가 만들고 싶었다" 같은 소리를 꺼낼 수 있을 리도 없었다.

뭐, 데몬한테는 미숙한 녀석이 만든 무기가 어울리니까? 그러면서 움츠러들었다.

"그럼 너한테 부탁하지. 이 아스모나디아의 무기를 만들 수 있는 걸 영광으로 생각하도록 해라."

"데몬다운 대답 고맙네."

이리하여 아스모나디아와 프리메라는 만났다.

■

얼마 후, 아스모나디아 일행은 프리메라의 공방으로 들어섰다.

"흠, 작지만 무척 좋은 공방 아닌가."

"데몬이 공방의 뭘 안다고."

"알지. 이래 보여도, 나도 단조를 할 줄 안다."

"고귀한 신분의 데몬 아가씨가?"

"그래, 하이 데몬 아가씨는 모든 일을 할 수 있어야만 한다. 단조도 그중 하나지. 자기 장비는 스스로 수리할 수 있어야 속전 능력을 유지할 수 있으니까."

그럼 자기가 만들면 되잖아.

그렇게 말하려고 하다가 프리메라는 입을 다물었다.

프리메라도 어쨌든 대장장이다. 화로나 도구, 재료가 없다면 아무것도 못 만든다는 것 정도는 안다. 게다가 혹시 그런 말을 했다가 상대가 멋대로 공방을 사용하게 되는 상황도 꺼려졌다.

조금 더 말하면, 프리메라는 수행 중인 몸이다.

데몬 단조.

금속을 두드리고 소재에서 마법적인 요소를 끄집어내는 드워프와는 전혀 다른 방식의 단조.

장비에 마법 문장을 새기고 마법을 거는 그것은, 드워프가 만든 장비보다도 극히 강력한 마력을 지닌다.

드워프는 소재가 가진 마력을 살리지만, 데몬은 따로 마력을 부여한다.

드워프의 입장에서는 사도이지만…… 오랫동안 네 종족 동맹을 괴롭히던 물건임은 사실이었다.

프리메라도 최근 1년, 나름대로 단련했다고 생각한다.

과거의 무신구제 당시보다 훨씬 좋은 장비를 만들 수 있게 되었다.

하지만 배시의 장비라면 역시나 역부족일 것이다.

이대로 드워프의 기술을 갈고닦는 것은 당연하지만 무언가 하나, 궁리가 필요하다고 생각했다.

"크크크."

그리고 악마는 그것을 민감하게 느꼈다.

"그렇게나 욕심스러운 눈으로 보지 마라. 내 무기를 만드는 것이다. 가르쳐주지. 데몬의 단조 기술을."

"따, 딱히 욕심스럽다든지 그런 건…… 그보다도, 괜찮은 거야? 그렇게 쉽게 가르쳐줘도. 데몬 단조는 데몬의 비기잖아?"

"그렇다마다. 문외불출이지. 너희로서는 도저히 떠올릴 수 없을 법한 기술을 사용한다. 하지만, 됐어. 너한테만큼은 가르쳐주마."

"……어째서?"

"『오크 히어로』가 무신구제에서 우승했다. 무엇이든 원하는 것을 얻을 수 있는 축제에서, 오크가 싸움 끝에 우승했다. 무엇을 바랐는지는 자명하지. 그리고 바랐을 그자는 싫어하지도 않고, 드워프의 관습에 따라 갸륵하게도 상대의 무기를 만들려 하고 있다…… 주위에는 감추고 있는 모양이다만, 이미 너는 『오크 히어로』가 손을 대었지. 그러니까 아내에 포함되는 여자란 거다."

동료다.

씨익 외설스럽게 웃는 아스모나디아. 그녀가 도반가 공에 찾아온 것은, 루도의 수행이나 자신의 무기를 얻기 위해서만이 아니었다. 배시의 아내를 찾으러 온 것이었다.

무신구제의 우승 상품으로 손에 넣은 여자.

그러니까 드워프 아내를.

"……아니, 배시는 우승하지 못했어."

"뭐라고?"

그러나 그 말에 미소가 사라졌다.

"결승에서 졌어. 그러니까 나하고는…… 그게…… 확실히, 우승하면 그러기로 약속했지만."

"말도 안 돼…… 저『오크 히어로』가 졌다? 어떻게 된 거냐?"

진짜냐. 드래곤을 혼자서 쓰러뜨릴 수 있을 법한 녀석이 달리 있다는 것인가.

그런 기분으로 되물었지만 돌아온 것은 어이없다는 표정이었다.

"소문을 못 들었어? 정말이지, 데몬도 얼빠진 구석은 있구나."

프리메라는 한숨을 내쉬며 무신구제에서 벌어진 일의 전말을 이야기했다.

배시가 미숙한 프리메라를 파트너로 선택한 것, 프리메라의 장비는 결함품이었지만 배시가 너무나도 강했기에 순조롭게 승리를 거두고 만 것. 그러나 결승에서는 장비가 파괴되어 패배한 것.

하지만 패배했다고는 해도 목적은 달성했다는 것.

배시는 노예 오크들을 해방했고, 이제는 도반가 공에서 오크를 깔보는 사람은 누구 하나 없다는 것…….

그 이야기는 아스모나디아만이 아니라 루도와 루카도 감탄하며 듣고 있었다.

여하튼 젤에게 들은 이야기는 마지막 부분이 참으로 두루뭉술했으니까, 틀림없이 마지막에도 이겼다고 생각했던 것이다.

"흠, 다른 오크라면 우연이라고 그냥 넘겨버릴 참이다만……
『오크 히어로』의 행동이라 생각하면 우연으로는 여겨지지 않는군."

마지막까지 들은 아스모나디아는 자랑스럽다는 표정으로 말했다.

물론 우연이었다.

"당연하지, 나는 거기에 반했어. 뭐, 박살 났지만."

"박살?"

"그래, 프러포즈했지만 간단히 거절당해 버렸어."

"흥, 어차피 드워프의 에두른 방법에 따라서 프러포즈했을 테지?"

"그렇지 않아. 제대로 평생 무기를 만들게 해달라고 했어. 직설적으로."

"멍청하긴. 그게 에두른 방법이라는 거다. 상대는 오크야. 천박하게 사타구니를 벌리고, 네 여자가 되겠다고 선언하는 정도로 하라고."

"허, 허어어어?! 아니, 사타구니라니…… 너, 너희는 그렇게 한 거야?!"

동요를 감추지 못하고 질문하는 프리메라를 보고서 "아" 하고 목소리를 높인 것은, 계속 조용히 있던 루카였다.

"저, 저기, 저는, 그렇게까지 하진 않았지만, 제대로 결혼하고 싶다고 했어요."

루카가 그렇게 말하자 프리메라는 눈을 부라리며 어린 소녀를 응시하고, 이런 소녀도 제대로 용기를 내어 말할 수 있었느냐며 어깨를 떨어뜨렸다.

아스모나디아는 "어떠냐, 용기가 없는 건 너뿐이다"라고 그러는 것 같은 표정으로 내려다봤다.

프리메라는 그것을 보고 살짝 짜증을 느꼈지만, "이 오만한 데몬 여자도 그런 솔직한 프러포즈를 했나"라고 생각하니 역시나 배시라며 울분이 가라앉았다.

실제로는 하지 않았다.

배시는 아스모나디아의 얼굴조차 기억에 없는 것이다.

"그렇게 낙담하지 마라. 너한테도 아직 기회는 있다. 어떠냐, 너도 『오크 히어로』의 아내가 되지 않겠느냐?"

아스모나디아는 그렇게 말하며 낙담하고 있는 프리메라에게 손을 내밀었다.

본래라면 배시 없이 해도 될 이야기가 아니다.

하지만 이 자리에 배시가 있었다면 "참으로 의지가 되는 여자로군" 하며 감동했을 것이다.

"내가……?"

"혼혈이라고 해도, 너도 도반가의 자식이다. 드워프의 대표로서, 차기 오크 킹의 아내가 되라."

프리메라는 당황한 표정을 지었다.

하지만 금세 고개를 가로저었다.

"아니, 나는 약속했어. 저 녀석이 만족할 수 있는 검을 만들 수 있도록 하겠다고, 열심히 하겠다고!"

프리메라는 주먹을 쥐고 아스모나디아를 노려봤다.

"그러니까 그때까지는, 그런 달콤한 말에 넘어갈 생각은 없어!"

노려보는 프리메라의 눈빛에 아스모나디아는 고개를 절레절레, 손을 들었다.

하지만 마음속으로는 "바로 그래야지"라고도 생각했다.

그런 여자야말로 배시의 아내에 어울린다.

"그렇군. 조금 인식의 차이가 있었다만…… 네게 단조의 비기를 가르쳐줄 이유로는 충분하다."

"어, 괜찮아?"

"『오크 히어로』는 이지적이기에 네게 손을 대지 않은 모양이지만, 본심으로는 아깝다고 생각할 테지. 여하튼 너는, 드워프로서는 아름다우니까. 남편의 바람을 이루어주는 것도 좋은 아내다. 『오크 히어로』가 만족할 수 있는 검이라니 어지간한 수준이 아닐 테지만, 조력해주지."

아스모나디아는 웃으며 그렇게 말했다.

아무 말도 안 해도, 배시가 좋다고 생각한 여자에게 말을 건네어 아내로 권유한다.

배시에게 최고의 아내라고 할 수 있을 것이다.

굳이 문제를 꼽는다면, 배시가 아스모나디아의 얼굴은커녕 생존 여부조차 모른다는 사실일까.

"자, 경청하도록 해라. 내 오의, 내 비기. 데몬의 기술을!"

이리하여 프리메라는 아스모나디아로부터 데몬의 단조를 배운다.

드워프 단조만으로도 미숙한 여자가 데몬의 단조까지 받아들여서, 과연 제대로 성장할 것인가.

그것을 아는 사람은, 이 자리에는 없다.

하지만 프리메라를 잘 아는 사람은 이렇게 생각했을 것이다.

결코 헛된 경험은 아니라고.

"『오크 히어로』의 무기를 만들 수 있겠다고 확신한다면 언제든 오크의 나라로 오도록 해라. 그때에는, 『오크 히어로』는 『오크 킹』이 되어 있겠지만 뭐, 겁먹을 건 없다."

"……뭐, 마음에 담아둘게."

"크크크, 하하하, 하하하하하하!"

데몬의 드높은 웃음소리가 울려 퍼졌다.

완전한 승리를 손에 넣은 자가 터뜨리는 회심의 웃음소리.

어째서 갑자기 웃기 시작했는지 프리메라로서는 알 수가 없어서 조금 무섭다고 생각하며, 하지만 데몬이라는 종족은 때로 이렇게 갑자기 웃으니까 그런 법인가 그냥 넘겼다.

"……."

틀림없이 한 달 뒤에는, 프리메라는 한 자루 도끼창을 완성할 것이다.

그것은 결코 훌륭한 무기는 아니겠지만, 드워프와 데몬의 기술을 융합시킨 전혀 새로운 물건일 것이다.

그리고 그런 무기를 손에 넣은 아스모나디아를 막을 존재는 없다.

그녀는 오크의 나라로 가서, 그 자리에 있는 오크들에게 깨닫게 해줄 것이다. 그녀야말로 배시의 첫째 아내라고.

그리고 오크의 나라에서 자신의 제국을 쌓아올릴 것이다.

아스모나디아의 호쾌한 진격은 계속된다.

그렇게 생각하고 프리메라는 중얼거렸다.

"오크 녀석들도 지금은 큰일이라고 들었는데, 당신이 간다면 괜찮겠네."

"큰일? 뭐, 그렇겠지. 오크는 본래 바보 같은 종족이다. 아마도 휴먼한테 압제를 당해서 곤궁한 처지겠지만, 가난해지면 우둔해진다는 그런 거겠지. 하지만 내가 간다면 그 정도 교섭은──."

"아니, 아무래도 북쪽에서 드래곤이 날아와서, 시와나시의 숲 근처 산에 둥지를 만들었다고 해. 매일처럼 오크의 나라로 날아가서, 오크를 먹고 있대."

"엇."

후에 프리메라와 루도, 루카는 이야기한다.

그 순간, 아스모나디아의 파란 피부가 눈처럼 새하얗게 변했다고.

ORC HERO
STORY

오크영웅이야기
촌탁열전

후기

여러분, 별일 없으셨습니까. 리후진 나 마고노테입니다.

우선은 이 자리를 빌려서, 『오크 영웅 이야기』 제6권을 손에 들어주신 여러분께 감사를 드립니다.

여러분, 정말 감사합니다.

이번에는 진지하게 작품에 대해서 적어볼까 생각합니다.

제 근황 보고 같은 걸 들어봤자 아무도 재미없을 테니까요.

그와 비교해서 이걸 읽는 여러분은 오크 영웅 이야기에 대해서 흥미가 있으신 분들뿐.

6권에 대해서 이것저것 줄줄 적어봐야 이야기의 재미가 깊어질지언정 옅어질 일은 없겠죠.

자, 이번에 배시 일행은 데몬의 나라에 도착합니다.

오크 영웅 이야기에서 최강 종족 데몬입니다.

데몬은 작중에서 최강의 종족이라는 위치에 있으니까, 설정이나 스토리로 곤란한 일은 없었습니다.

최강 종족이었지만 전쟁에서 지고, 드래곤에게도 지고, 자존심은 완전히 박살 나고, 그럼에도 아슬아슬 약간의 긍지만큼은 남아서도 멸망의 길을 나아가고 있다.

그곳에 드래곤 슬레이어인 배시가 도착한다. 드래곤 쓰러뜨린다, 데몬 여자한테 인기 가득!

그렇게 설정도 스토리도 왕도, 쓰는 것도 간단한 부류로군요.

그러나 조금 색다른 맛이 없는 것도 사실입니다.

그렇다면 조금 예상을 뒤집고 싶은 것이 창작자의 본성입니다.

그래서 히로인은 드래곤이 되었습니다.

거짓말입니다. 사실대로 말하면, 드래고뉴트 히로인이 나오는 것은 1권 시점부터 계속 생각했고, 오히려 데몬 히로인인 아스모나디아 쪽이 툭 튀어나온 캐릭터라는 위치입니다.

당초에는 아스모나디아라는 이름조차 생각하지 않았고, 일러스트레이터 아사나기 씨가 "데몬 히로인, 기대합니다!"라고 그래서 "그런가, 독자는 데몬 히로인을 기대하는가, 그렇다면 내보내야지"라고 급히 설정을 만든 모양새로군요.

그것이 돌고 돌아서 저런 역할이 되었으니, 창작이라는 것은 재미있는 겁니다.

저는 창작에서 『즉흥적인 발상』이라는 것은 무척 중요하다고 생각합니다.

그것은 플롯이나 구상에서 크게 벗어나는 경우가 많기에, 작중에 그 『즉흥적인 발상』을 넣어야 할지 제대로 판단해야 합니다만, 대부분의 『즉흥적인 발상』은 "이러면 재미있지 않을까?"라는 곳에서 나오니까 말입니다.

"이러면 재미있지 않을까?"는 항상 원초적인 재미를 품고 있습니다.

저는 플롯을 쓸 때는 반드시 첫 줄에 "이러면 재미있다"나 "이게 재미있다"라는 것을 적어놓고 집필 중에 헤맨다면 그것을 보려고 하는데, 그렇게 고민하고 망설이는 와중에 나오는 『즉흥적인 발상』은 활동 상태인 뇌가 무의식중에 만들어낸 것이니까 취급만 주의한다면 그것을 넣는 편이 대부분의 경우에는 재미있어지는 겁니다. 물론 플롯 첫 줄에 적어놓은 "이러면 재미있다"에 따른다면, 말입니다만.

그리고 저는 그 즉흥적인 발상을 잔뜩 만들어내기 위해, 플롯을 지나치게 상세히 꾸미지는 않고 어느 정도 느슨하게 만들어두는 겁니다.

자, 그런 연유로 이번에도 페이지가 남아버렸네요.

근황 보고를 적어볼까 생각합니다.

사실은 근황 보고 같은 건 없이 창작론 따위를 술술 늘어놓고 싶은 참이지만, 애석하게도 창작론이라는 것은 적어봐야 딱히 의미가 없습니다. 어차피 다음 작품을 적으면 또 새로운 발견이 있다든지 생각이 바뀐다든지, 그렇게 창작론도 변하니까요.

여하튼 작가라는 존재는 작품을 적는 것이나 그것을 내보낼 때에 처음으로 가치가 발생하는 법이니까, 가능하다면 창작론이 아니라 창작물로 싸우고 싶은 것입니다.

그런 이야기를, 저는 지금 태곳적 지구에서 쓰고 있습니다.

사실은 지난번, 저는 악의 비밀결사의 손으로 되살아났습니다만, 그곳에서 개최된 지옥 토너먼트 결승전에서 괴인들끼리 기술이 맞부딪쳐서 타임슬립이 벌어지고 말았습니다.

제가 날려간 곳은 아득히 옛날.

이것이 쥐라기인지 백악기인지는 저로서는 알 수 없지만, 어딘가에서 본 것 같은 공룡이 잔뜩 있는 모습을 보면 뭐, 공룡 시대라는 건 틀림없겠죠.

아무래도 저 말고도 이 시대로 날려 온 사람이 있는 모양이라 몇몇 기록은 발견했는데, 영어로 적혀 있으니까 읽을 수가 없었습니다. 지금 어디쯤에 있는지, 합류할 수 있는지…… 그것만이라도 알고 싶습니다만 말이죠.

저는 저 나름대로 어떻게든 살아가고 있습니다. 이런 일에는 익숙하거든요.

내일은 남동쪽에 있는, 거대한 기둥을 보러갈 생각입니다.

저것이 공룡 시대부터 있는 것인지 고대 문명인의 유적인지는 모르겠지만, 원래 시대로 돌아갈 단서를 찾을 수 있을지도 모르니까요.

뭐, 이제까지 좀비로 살면서 그런 단서를 찾은 적 따위는 없으니까, 이번에도 기대하지 않고 적당히 느릿느릿 살아갈 생각입니다.

자, 길어졌습니다만…….

이번에도 멋진 일러스트를 그려주신 아사나기 씨, 『무직전생』일 탓에 주력하지 못하여 큰 폐를 끼쳤습니다 편집 K 씨, 그밖에 이 책에 관여해주신 모든 분들. 또한 소설가가 되자 쪽에서 갱신을 기다려주시는 독자 여러분.

이번에도 정말로 감사했습니다.

제가 이 공룡 시대에서 살아남는다면, 7권에서 또 만나죠.

리후진 나 마고노테

ORC HERO
STORY

오크영웅이야기

촌 탁 열 전

ORC EIYU MONOGATARI Vol.6 SONTAKU RETSUDEN
©Rifujin na Magonote, Asanagi 2024
First published in Japan in 2024 by KADOKAWA CORPORATION, Tokyo.
Korean translation rights arranged with KADOKAWA CORPORATION, Tokyo.

오크 영웅 이야기 6 ~촌탁 열전~

2024년 12월 15일 1판 1쇄 발행

저   자 리후진 나 마고노테
일 러 스 트 아사나기
옮 긴 이 손종근
발 행 인 유재옥
담 당 편 집 정영길

이   사 조병권
출판본부장 박광운
편 집 1 팀 박광운
편 집 2 팀 정영길 조찬희 박치우
편 집 3 팀 오준영 이소의 권진영 정지원
디자인랩팀 김보라 이민서
디지털사업팀 김경태 김지연 윤희진
콘텐츠기획팀 박상섭 강선화
라이츠사업팀 김정미 이윤서 임지윤
영업마케팅팀 최원석 이다은 윤아림
물 류 팀 허석용 백철기
경영지원팀 최정연
인쇄제작처 ㈜코리아피엔피
발 행 처 ㈜소미미디어
등   록 제2015-000008호
주   소 서울시 마포구 토정로222, 502호 (신수동, 한국출판콘텐츠센터)
판매 및 마케팅 (070) 8822-2301

ISBN 979-11-384-3090-6 04830
ISBN 979-11-384-1035-9 (세트)